人和吞食者

刘慈欣 等◎著

北方联合出版传媒(集团)股份有限公司

万卷出版有限责任公司

ⓒ　刘慈欣等　2022

图书在版编目（CIP）数据

人和吞食者 / 刘慈欣等著 . -- 沈阳：万卷出版有
限责任公司，2022.7
ISBN 978-7-5470-5954-8

Ⅰ . ①人… Ⅱ . ①刘… Ⅲ . ①幻想小说—小说集—中
国—当代 Ⅳ . ① I247.7

中国版本图书馆 CIP 数据核字 (2022) 第 061900 号

出 品 人：王维良
出版发行：北方联合出版传媒（集团）股份有限公司
　　　　　万卷出版有限责任公司
　　　　　（地址：沈阳市和平区十一纬路 29 号　邮编：110003）
印 刷 者：北京欣睿虹彩印刷有限公司
经 销 者：全国新华书店
幅面尺寸：145mm×210mm
字　　数：240 千字
印　　张：8.625
出版时间：2022 年 7 月第 1 版
印刷时间：2022 年 7 月第 1 次印刷
责任编辑：王　越
责任校对：张　莹
装帧设计：平　平
ISBN 978-7-5470-5954-8
定　　价：48.00 元
联系电话：024-23284090
传　　真：024-23284448

目录

001　**人和吞食者** / 刘慈欣

当地球被吞噬

043　**魂兮归来** / 索何夫

宇宙文明毁灭周期

085　**时空捕手** / 刘维佳

时光长河中泛起的一抹爱与
死的血色浪花

107　**二人谋事** / 索何夫

智慧有时也会成为一种毒药

175　**失去的瑰宝** / 王晋康

二泉映月

191　**人人都爱查尔斯** / 宝树

虚拟世界中的沉醉

人和吞食者 / 刘慈欣

当地球被吞噬

波江座晶体

即使距离很近，上校也不可能看到那块透明晶体。它飘浮在漆黑的太空中，如同一块沉在深潭中的玻璃。上校凭借着晶体扭曲的星光确定其位置，但很快在一片稀疏的星星背景中丢失了它。突然，远方的太阳变形扭曲了，那永恒的光芒也变得闪烁不定。他吃了一惊，但以"冷静的东方人"著称的他并没有像飘浮在旁边的十几名同事那样惊叫。他很快明白，那块晶体就在他们和太阳之间，距他们十几米，距太阳一亿千米。此后的三个多世纪里，这诡异的景象时常出现在他的脑海中，他真怀疑这是不是后来人类命运的一个先兆。

作为联合国地球防护部队在太空中的最高指挥官，他率领的这支小小的太空军队装备着人类有史以来当量最大的热核武器，敌人却是太空中没有生命的大石块。在预警系统发现有威胁地球安全的陨石和小行星时，他的部队就负责使其改变轨道或摧毁它们。这支部队在太空中巡逻了二十多年，从来没有使用过这些核弹。那些足够大的太空石块似乎都躲着地球走，故意不给他们创造辉煌的机会。但现在，晶体在两个天文单位外被探测到，它精确地沿着一条绝非自然形成的轨道向地球飞来。

上校和同事们谨慎地向晶体靠近，他们太空服上推进器的尾迹像条条蛛丝把晶体缠在正中。就在上校与它的距离缩小至不足十米时，晶体的内部突然出现了迷雾般的白光，使它那规则的长梭状轮廓清晰地显示出来。它大约有三米长，再近一些，还可以看到其内部像是推进系统的错综复杂的透明管道。当上校把戴着太空手套的右手伸向晶体表面，以进行人类与外星文明的首次接触时，晶体再次变得透明，内部浮现出一幅色彩亮丽的影像。那是一个卡通小女孩，眼睛像台球那么大，长发直到脚跟，同漂亮的长裙一起像在水中一般缓缓飘动着。

"警报！呀！警报！吞食者来了！"她惊慌失措地大叫着，大眼睛盯着上校，一只细而柔软的手臂指向与太阳相反的方向，像在指着一条追着她的大狼狗。

"那你是从哪里来的呢？"上校问。

"波江座 ε 星——你们好像是这么叫的。按你们的时间，我已经飞行了六万年……吞食者来了！吞食者来了！"

"你有生命吗？"

"当然没有，我只是一封信……吞食者来了！吞食者来了！"

"你怎么会讲英语？"

"路上学的……吞食者来了！吞食者来了！"

"那你这个样子是……"

"路上看到的……吞食者来了！吞食者来了！呀，你们真不怕吞食者吗？"

"吞食者是什么？"

"样子像个大轮胎，呵，这是按你们的比喻。"

"你对我们世界的东西真熟悉。"

"路上熟悉的……吞食者来了！"

波江女孩喊叫着，闪到晶体的一端。在她腾出的空间里出现了那个"轮胎"的图像，它确实像轮胎，表面发着磷光。

"它有多大？"另一名军官问。

"总直径为五万千米，'轮胎'宽为一万千米，内圆直径为三万千米。"

"你说的'千米'是我们的长度单位吗？"

"当然是！它大着呢，可以把一颗行星套进去，就像你们的轮胎可以套一个足球一样。套住那颗行星后，它就掠夺上面的资源，把它吸干榨尽后吐出去，就像你们吃水果吐核儿一样……"

"我们还是不明白吞食者到底是什么。"

"一艘世代飞船。我们不知道它从哪里来，要到哪里去。事实上，驾驶吞食者的那些大蜥蜴肯定也不知道。它已在银河系中飘行了几千万年，它的拥有者一定早已忘记了它的本源和目的。但可以肯定，它被创造出来时远没有那么大。它是靠吃行星长大的，我们的行星就被它吃了！"

这时，晶体中显示的吞食者在变大，渐渐占满了整个画面，正在向摄像者的世界缓缓降下。现在，在这个世界居民的眼中，大地仿佛处于一口宇宙巨井的井底，太空就是一圈缓缓转动的井壁，可以清楚地看到井壁表面的复杂结构。

这让上校想到了在显微镜下看到的微处理器的电路，后来他发现那是些连绵不绝的城市。再向上，井壁的顶端是一圈蓝色光焰，在天空中形成一个围绕着群星的巨大火圈。波江女孩告诉他们，那是吞食者尾部的环形推进发动机。在晶体的一端，女孩手舞足蹈，她那飘飘的长发也像许多只挥动的手臂，极力表达着她的惊恐。

"这就是波江座 ε 星的第三颗行星被吞食时的情形。那时你要是身在我们的世界，第一个感觉就是身体在变轻，这是由于吞食者的巨大质量产生的引力抵消了行星引力。这引力的扰动产生了毁灭性的灾难：海洋先是涌向行星朝向吞食者的那一极；当行星被套入'轮胎'后，海洋又涌向赤道，产生的巨浪吞没云层；接着，引力出现异常，将大陆像薄纸一样撕成碎片，火山在海底和陆地密密麻麻地出现……当'轮胎'套到行星的赤道时，吞食者便停止推进。此后，它会相对于恒星的轨道运动并始终与行星保持同步，直到把这颗行星含在口里。

"这时，对行星的掠夺开始了。无数条上万千米长的缆索从井壁伸到行星表面，行星此刻如同一只被蛛网粘住的虫子。巨大的运载舱频繁地往来于行星表面与井壁之间，运走行星上的海水和空气，更有无数台大机器深深地钻进行星的地层，狂采吞食者需要的矿藏……由于吞食者的引力与行星引力相互抵消，行星与'轮胎'之间的一圈空间成为低重力区，这使得行星向吞食者的资源运输变得很容易，大掠夺因此以很高的效率进行着。

"按地球时间，每颗被吞入的行星大约要被吞食者'咀嚼'一个世纪。在这段时间里，行星上包括空气在内的资源被掠夺一空。同时，由于'轮胎'长时间的引力作用，行星渐渐被拉得扁平，最后变成……还用你们的比喻吧：铁饼状。最后，当吞食者'吐出'这颗已被榨干的行星时，行星的形状会恢复成球形，这又引发了最后一场全球范围的地质灾难。这时，行星的表面呈现出其几十亿年前刚刚形成时的熔岩状态，早已成了一个没有任何生命的地狱了。"

"吞食者距太阳系还有多远？"上校问。

"它紧跟在我后面。按你们的时间，再有一个世纪就到了。警报！吞食者来了！吞食者来了！"

使者大牙

正当人们为波江晶体带来的信息是否可信而争论不休时，吞食者的一艘先遣小型飞船进入了太阳系，最终到达地球。

首先与之接触的，仍是上校率领的太空巡逻队，但这次接触的感觉和上次与波江晶体的接触完全不同。如果说玲珑剔透的波江晶体代表了一种纤细精致的技术文明，那么吞食者飞船则相反，它的外形极其粗陋笨重，如同被遗弃在旷野中一个世纪的大锅炉，令人想起凡尔纳描述的粗放的大机器时代。吞食帝国的使者也同样粗陋笨重，他那蜥蜴状的粗壮身躯披着大块的石板般的鳞甲，直立起来有近十米高。他自我介绍的名字发音为"达雅"，但按他的外形特点和后来的行为方式，人们多管他叫"大牙"。

当大牙的小型飞船在联合国大厦前着陆时，发动机把地面撞出了一个大坑，飞溅的石块把大厦打得千疮百孔。由于外星使者太高大，无法进入会议大厅，各国首脑就在大厦前的广场上与他见面，他们中的几个人还用手帕捂着刚才被玻璃和碎石划破的头。大牙每走一步，地面都颤抖一下。他说话时的声音像十台老式火车头同时鸣笛，惊得人头皮抽搐着。挂在他胸前的一个外形粗笨的翻译器把他的话译成英语（也是路上学的），那是一个粗犷的男声，音量虽比大牙的原声低了许多，但仍然让听者心惊肉跳。

"呵呵，白嫩的小虫虫，有趣的小虫虫。"大牙乐呵呵地说。人们捂住耳朵，等他轰鸣着说完，然后稍微放开耳朵，继续听着翻译器里的声音，"我们有一个世纪的时间相处，相信我们会互相喜欢对方的。"

"尊敬的使者，您知道，我们现在最关心的，是您那伟大的母舰到太阳系的目的。"联合国秘书长仰望着大牙说。尽管他在大喊，但声音听起来仍像蚊子叫。

大牙做了一个类似于人类立正的姿势，地面为之一颤，"伟大的吞食帝国将吃掉地球，以便继续那壮丽的航程，这是不可改变的！"

"那么人类的命运呢？"

"这正是我今天要决定的事。"

首脑们纷纷交换目光，秘书长点点头，"这确实需要我们进行充分的交流。"

大牙摇摇头，"这是一件十分简单的事情，我只需要品尝一下——"说着，他伸出强壮的大爪，从人群中抓起一个欧洲国家的首脑，从三四米远处优雅地扔进嘴里，细细地嚼了起来。不知是出于尊严还是过度恐惧，那个牺牲品一直没有叫出声，只听到他的骨骼在大牙嘴里碎裂时清脆的咔嚓声。半分钟后，大牙"噗"的一声吐出那人的衣服和鞋子。衣服虽然浸透了血，但几乎完好无损。这时，不止一个旁观者联想到了人类嗑瓜子时的情形。

整个地球一时间陷入一片死寂，这寂静似乎无限期地持续着，直到被一个人类的声音打破——

"您怎么拿起来就吃啊？"站在人群后面的上校问。

大牙向他走去，人群散开一条道。这个庞然大物"咚咚"地走到上校面前，用一双篮球大小的黑眼睛盯着他："不行吗？"

"您怎么这么肯定他能吃呢？一个相距如此遥远的世界上的生物能被食用，从生物化学上讲几乎是不可能的。"

大牙点点头，大嘴一咧，做出类似于笑的表情："我一开始就注意到你了。你一直冷眼看着我，若有所思。你在想什么？"

上校也笑笑："您呼吸我们的空气，通过声波说话，有两只眼睛、一个鼻子、一张嘴，还有四条对称的肢体……"

"这不可理解吗？"大牙把巨头凑近上校，喷出一股让人作呕的血腥气。

"是的，因为太好理解所以不可理解。我们不应该这么相似。"

"我也有不理解之处，那就是你的冷静。你是军人？"

"我是一名保卫地球的战士。"

"哼，不过是推开一些小石头而已，那能让你成为真正的战士？"

"我准备接受更大的考验。"上校庄严地仰起头。

"有趣的小虫虫。"大牙笑着点点头，直起身来，"我们还是回到正题吧：人类的命运。你们的味道不错，有一种滑爽的清淡，很像我在波江座行星上吃过的一种蓝色浆果。所以祝贺你们，你们的种族将延续下去——你们将作为一种小家禽在吞食帝国被饲养，到六十岁左右上市。"

"您不觉得那时我们的肉太老了吗？"上校冷笑着说。

大牙大笑起来，声音如火山爆发："哈哈哈哈，吞食人喜欢有嚼头儿的小吃。"

蚂蚁

联合国又同大牙进行了几次接触，虽然再没有人被吃掉，但关于人类命运的谈判结果都一样。

人们把下一次会面精心安排在非洲的一处考古挖掘现场。

大牙的飞行器准时在距挖掘现场几十米处降落，同每次一样，他的降落就像是一场大爆炸，震耳欲聋，飞沙走石。据波江女孩介绍，大牙的飞行器是由一台小型核聚变发动机驱动的。对于有关吞食者的信息，她一解释，人类科学家就立刻明白了。但波江人的技术却令地球人迷惑，比如那块晶体，着陆后便在空气中融化，最后与星际航行有关的推进部分全融化掉了，只剩下薄薄的一片，在空气中轻盈地飘行。

大牙来到挖掘现场时，两个联合国工作人员抬着一本一米见方的大画册递给他。画册是按他的个头儿精心制作的，有上百页精美的彩图，内容是人类文明的各个方面，很像一本儿童启蒙教材。在挖掘现场的大坑旁，一名考古学家绘声绘色地讲述着地球文明的辉煌历程。他竭力想让外星人明白这颗蓝色行星上有太多值得珍惜的东西，说到动情处，考古学家声泪俱下，好不凄惨。最后，他指着挖掘现场的大坑说："尊敬的使者，您看，这是我们刚刚发现的一处城市遗址，是迄今为止发现的最早的人类城市，距今已有近五万年。你们真的忍心毁灭一个历经五万年岁月、一点一点地发展到今天的灿烂文明？"

大牙在这个过程中一直翻看着画册，好像觉得那是一件很好玩的东西。考古学家的最后一句话让他抬起头来看了看大坑，"呵，考古虫虫，我对这个坑和坑里的旧城市不感兴趣，倒是很想看看从坑里挖出的土。"他指了指大坑旁边一个几米高的土堆。

听完翻译器中的话，考古学家很迷惑，"土？那堆土里什么也没有啊。"

"那是你的看法。"大牙说着走到土堆旁，蹲下高大的身躯，伸出两只大爪在土里挖了起来。人们围成一圈看着，惊叹他那看似粗笨的大爪的灵活。他拨动着松土，不时拾起什么极小的东西放到画册上。就这样专心致志地干了十多分钟后，他捧着画册直起身来，走到人们面前，让大家看画册上的东西。

上百只蚂蚁，有的活着，有的已经死了，蜷成一团，仔细辨认才能看出是什么。

"我想讲一个故事，"大牙说，"关于一个王国的故事。这个王国的前身是一个更大的帝国，帝国国民的先祖可以追溯到地球白垩纪末期。在恐龙高耸入云的骨架下，先祖建起帝国宏伟的城市……但那段历史太久远了，帝国最后一世女王能记起的，就是冬天的降临。在那漫长的冬天里，大地被冰川覆盖，失去已延续了上千万年的生机，生活变得万分艰难。

"从最后一次冬眠醒来后，女王只唤醒了帝国不到百分之一的成员，其他的都已在寒冷中长眠，有的已变成透明的空壳。女王摸摸城市的墙壁，冷得像冰块，硬得像金属。她知道这是冻土——在这酷寒的时代中，它夏天都不会化。女王决定离开这片先祖留下的疆域，去找一块不冻的土地建立新的王国。

"于是，女王率领所有的幸存者来到地面，在高大的冰川间开始艰难的跋涉。大部分成员在漫漫的路途中死去，但女王与不多的幸存者终于找到了一块不冻土，那是一块溢出温暖的土地。女王当然不明白，为什么在这严寒世界中有这么一小片潮湿柔软的土地。但她对能到达这里并不感到意外：一个延续了六千万年的种族是不会灭绝的！

"面对冰川纵横的大地和昏暗的太阳，女王宣布要在这里建立一个新的伟大的王国，它将延续万代！她站在一座高大的白色山峰下，把这个新王国命名为'白山王国'。那座白色山峰是一头猛犸象的头骨。这是第四纪冰川末期的一个正午，这时的人类虫虫还是零散地龟缩在岩洞中发抖的愚钝动物。九万年之后，你们文明的第一点烛光才在另一块大陆的美索不达米亚平原上出现。

"以附近冰冻的猛犸象遗体为生，白山王国渡过了一万年的艰难岁月。之后，地球冰期结束，大地回春，各大陆又重新披上了生命的绿色。在这新一轮的生命大爆炸中，白山王国很快达到了鼎盛，拥有数不清的国民和广阔的疆域。在其后的几万年中，王国经历了数不清的朝代，创造了数不清的史诗。"

大牙指了指眼前的大坑，"这就是那个王国最后的位置。在考古虫虫专心挖掘下面那已死去五万年的城市时，并没有想到在它上面的土层中还有一个活着的城市。它的规模绝不比纽约小，后者只是一个二维的平面城市，而它是一座宏大的立体城市，有很多层。每一层都密布着迷宫般的街道，有宽阔的广场和宏伟的宫殿。整座城市的供排水系统和消防系统的设计也比纽约高明得多。城市中有着复杂的社会结构、严格的行业分工，整个社会以一种机器般的精密与和协高效地运转着，不存在吸毒和犯罪问题，也没有沉沦和迷茫。但王国的国民并非没有感情，当有国民死亡时，它们表现出长时间的悲伤。它们甚至还有墓地，位于城市附近的地面上，掩埋深度为三厘米。最值得说明的是：在城市的底层有一个庞大的图书馆，收藏着数量巨大的卵形小容器——那是一本本书——每个容器中都装有成分极其复杂的化学味剂，用其复杂的成分记录着信息。那里有对白山王国漫长历史的史诗般的记载：你能看到在一次森林大火中，王国的所有国民抱成无数个团，顺一条溪流漂下，逃出火海的壮举；还能看到王国与白蚁帝国长达百年的战争史；还有王国的远征队第一次看到大海的记载……

"但所有这一切都在三个小时之内被毁灭。当时，在惊天动地的轰鸣声中，挖掘机那遮盖了整片天空的钢铁巨掌凌空劈下，把包含着城市的土壤一把把抓起。城市和其中的一切在巨掌中被碾得粉碎，包括城市最下层的孩子和将成为孩子的几万只雪白的卵。"听罢，地球世界再一次陷入死寂之中，这次的寂静比大牙吃人的那一次更长。面对外星使者，人类第一次无话可说。

大牙最后说："我们以后有很长的时间相处，有很多的事要谈，但不要再从道德角度谈了。在宇宙中，那东西没意义。"

加速度

大牙走后，考古现场的人们仍沉浸在迷茫和绝望之中。又是上校首先打破了寂静，对周围的各国政要说："我知道自己是个小人物，只是因为两次首先接触外星文明而有幸亲临这样的场合。我只想说两句话：一、大牙是对的；二、人类的唯一出路是战斗。"

"战斗？唉，上校，战斗……"秘书长苦笑着摇头。

"对，战斗！战斗！战斗！"波江女孩儿大喊。此时，她所在的晶体片正飘飞在人们头顶几米处。阳光下的晶体中，那长发女孩儿正在兴奋地手舞足蹈。

有人说："你们波江人也战斗了，结果怎么样？人类得为自己种族的生存着想，我们并没有义务满足你那变态的复仇欲望。"

"不，先生，"上校对所有人说，"波江人是在对敌人完全陌生的情况下进行自卫战争的，加上他们本来就是一个完全没有经历过战争的种族，所以失败是不奇怪的。但在这场长达一个世纪的惨烈战争中，他们对吞食者有了细致深刻的了解。现在，他们掌握的大量资料通过这艘飞船送到了我们手中，这就是我们的优势。

"冷静地研究这些资料后，我们发现吞食者并没有最初想象的那么可怕。首先，除了不可思议的庞大形体，吞食者并没有太多超出人类知识范畴的东西。就生命形式而言，吞食人——据说在'轮胎'上居住着上百亿个——与地球人一样是碳基生物，且其生命在分子层面的构造上与我们十分相似。人类与敌人拥有相同的生物学基础，我们有可能真正深刻地了解它们，这比我们面对一群由力场和中子星物质构成的入侵者要幸运多了。

"更让我们宽慰的是，吞食者并没有太多的'超技术'。吞食人的技术比人类要先进许多，但这主要表现在技术的规模上，而不是理论基础上。吞食者的推进系统的能量来源主要是核聚变，它所掠夺的行星水资源除了用于吞食人的生活外，主要是被作为聚变燃料。吞食者发动机的推进方式也是基于动量守恒的反冲方式，并没有时空跃迁之类玄妙的玩意儿……这些信息可能会使科学家倍感失落，因为吞食者上的文明毕竟延续了几千万年，它的技术层级也代表了科学发展的极限。但与此同时，我们也知道了，敌人不是不可战胜的神。"

秘书长说："仅凭这些，就能使人类树立起必胜的信心吗？"

"当然还有许多具体的信息，使得我们能够制定出一个成功率较高的战略，比如……"

"加速度！加速度！"波江女孩在人们头顶大叫。

上校对周围迷惑的人们解释说："从波江人送来的资料看，吞食者航行的加速度有一个极限。在长达两个世纪的观察中，他们从未发现它突破过这个极限。为证实这一点，我们根据波江座飞船送来的其他资料，如吞食者的结构和构成它的材料的强度等，建立了一个数学模型，模型的演算证实了波江人对吞食者的极限加速度的观察。这个极限是由它的结构强度所决定的，一旦超出，这个庞然大物就会被撕裂。"

"那又怎么样？"一位大国元首问道。

"我们应该冷静下来，用自己的脑子好好想想。"上校微笑着说。

月球避难所

人类与外星使者的谈判终于有了一点点进展，大牙对人类关于月球避难所的要求做出了让步。

"人是恋家的动物。"在一次谈判中，秘书长眼泪汪汪地说。

"吞食人也是，虽然我们没有家。"大牙同情地点点头。

"那么，能否让我们留下一些人，等伟大的吞食帝国吃完再吐出地球后，待它的地质结构稳定下来，再回来重建我们的文明？"

大牙摇摇头："吞食帝国吃东西是吃得很干净的，那时的地球将比现在的火星还荒凉，凭你们虫虫的技术能力，不可能重建文明。"

"总得试试吧，这样我们的灵魂才会安宁。特别是那些在吞食帝国上被饲养的小家禽，如果他们记得在遥远的太阳系还有一个家，会多长些肉的，虽然这个家不一定真的存在。"

大牙点点头："可是当地球被吞下时，这些人去哪儿呢？除了地球，我们还要吃掉金星，木星和海王星太大了，我们吃不下，但要吃它们的卫星，吞食帝国需要上面的碳氢化合物和水；连贫瘠的火星和水星我们也想嚼一嚼，我们想要上面的二氧化碳和金属。这些星球的表面将是一片火海。"

"我们可以去月球避难。据我们所知，吞食帝国在吃地球之前要把月球推开。"

大牙又点点头："是的，由吞食帝国和地球组成的联合星体引力很大，有可能使月球坠落在大环表面，这种撞击足以毁灭帝国。"

"那就对了，让我们的一些人住到月球去吧。这对你们也没有太大损失。"

"你们打算留多少人？"

"从维持一个文明的最低限度着想，十万吧！"

"可以，但你们得干活儿。"

"干活儿？什么活儿？"

"把月球从地球轨道推开，这对我们来说也是一件很麻烦的事。"

"可是……"秘书长绝望地抓着头发，"您这等于拒绝了人类这点儿小小的可怜要求——您知道我们没有这种技术力量！"

"呵，虫虫，那我不管。再说，不是还有一个世纪吗？"

播种核弹

在泛着白光的月球平原上，一群穿着太空服的人站在一个高高的钻塔旁边。吞食帝国高大的使者站在更远一些的地方，仿佛是另一个钻塔。他们注视着一个钢铁圆柱体从钻塔顶端缓缓落下，沉入钻塔下的深井中。吊索飞快地向井中放了下去，三十八万千米外的整个地球世界都在注视着这一幕。当放置物到达井底的信号传来时，包括大牙在内的所有观察者都鼓起掌来，庆祝这一历史性时刻的到来。

推进月球的最后一颗核弹已经就位，这时，距波江晶体和吞食帝国使者到达地球已有一个世纪。

这是令人绝望的一个世纪，人类在进行着痛苦的奋斗。

前半个世纪，全世界竭尽心力建造月球推进发动机，但这种超级机器始终没能建成。那几台实验用的样机只是给月球表面增加了几座废铁高山，还有几个在试运行时被核聚变的高温熔化成一片钢水的湖泊。人类曾向吞食帝国使者请求技术支援，因为推进月球需要的发动机还不及吞食者上那无数台超级发动机的十分之一大。但大牙不答应，还讥讽道："别以为知道了核聚变就能造出行星发动机，造出爆竹离造出火箭还差得远呢。其实，你们完全没有必要费这么大劲儿。在银河系，一个文明成为另一个更强大文明的家禽是很正常的。你们会发现，被饲养是一种美妙的生活，衣食无忧，快乐终生，有些文明还求之不得呢。你们之所以感到不舒服，完全是陈腐的人类中心论在作怪。"

于是，人类把希望寄托在波江晶体上，但这希望同样落空了。波江文明是沿着一条与地球和吞食者完全不同的技术路线发展的，他们的所有技术力量都来自于本星的生物，比如这块晶体，就是波江行星海洋中的一种浮游生物的共生体。对于他们世界中生物的这些奇特能力，波江人只是组合和利用，并不知其深层的秘密，而一旦离开本星的生物，波江人的技术便寸步难行。

浪费了宝贵的五十多年后，绝望的人类突然想出了一个极其疯狂的月球推进方案。这个方案首先由上校提出，当时他是月球推进计划的主要领导人之一，军衔已升为元帅。这个方案尽管疯狂，技术上的要求却并不高，人类已有的技术完全可以达到，以至于在提出时，人们都惊奇为什么没有人早点儿想到它。

新的推进方案很简单，就是在月球的一面大量埋设核弹。这些核弹的埋设深度一般为三千米左右，其埋设的密度以不被周围核弹的爆炸所摧毁为标准。人类将在月球的推进面埋设五百万枚核弹。与这些热核炸弹的当量相比，人类在冷战时期所制造的威力最大的核弹只能算常规武器。因此，当这些埋在月球地下的超级核弹爆炸时——与以前的被闷在深洞中的核爆炸完全不同，会将上面的地层全部炸飞。在月球的低重力下，被炸飞的地层岩石会达到逃逸速度，脱离月球，冲进太空，进而对月球本身产生巨大的推进力。如果每一时刻都有一定数量的核弹爆炸，这种脉冲式的推进力就会变得连续不断，等于给月球装上了强劲的发动机。而使不同位置的核弹爆炸，就可以操纵月球的飞行方向。方案还计划在月面下埋设两层核弹，另一层在第一层之下，约六千米深度。当上层核弹耗尽、月球推进面被剥去三千米厚的一层时，第二层能被继续引爆，使"发动机"的运行时间延长一倍。

当晶体中的波江女孩听到这个方案时，认为人类疯了："现在我知道，如果你们有吞食者那样的技术力量，一定会比他们还野蛮！"

但这个方案使大牙赞叹不已："呵呵，虫虫们竟能有这样美妙的想法，我喜欢，喜欢它的粗野，粗野是最美的！"

"荒唐！粗野怎么会美？"波江女孩反驳说。

"粗野当然美，宇宙就是最粗野的！漆黑寒冷的深渊中燃烧着狂躁的恒星，不粗野吗？宇宙是雄性的，明白吗？像你们那种女人气的文明，那种弱不禁风的精致和纤细，只是宇宙小角落中一种微不足道的病态而已。"

一百年过去了，大牙仍然活力满满，晶体中的波江女孩仍然鲜艳动人，但元帅感受到了岁月的力量。一百三十五岁，他已是老年人了。

这时，吞食者已越过冥王星轨道，从由波江座 ε 星开始的六万年漫长航行中苏醒了。太空中那个巨大的"轮胎"上面灯火辉煌，庞大的社会运转起来，准备好了对太阳系的掠夺。

吞食者掠过外行星，向地球扑来。

人类的第一次和最后一次星战

月球脱离地球的加速开始了。

当推进面的核弹开始爆炸时，月球正处于地球白昼的一面。每次爆炸的闪光，都会让月球在蓝天上短暂地映现一下，天空中仿佛出现了一只不断眨巴的银色眼睛。入夜后，月球一侧的闪光穿越近四十万千米的距离，仍能在地面上映出人影。在月球的后面还能看到一条淡淡的银色尾迹，它是由从月面炸入太空的岩石构成的。从安装在推进面的摄像机中可以看到，月面被核爆掀起的地层碎块如滔天洪水般涌向太空，向前后很快变细，在远方成为一条极细的蛛丝，弯向地球的另一面，描绘出月球加速的轨道。

但人们的注意力都集中在天空中出现的那个恐怖的大环上：吞食者此时已驶近地球，它的引力产生的巨大潮汐已摧毁了所有的沿海城市。吞食者尾部的发动机闪着一圈蓝色的光芒，它正在进行最后的轨道调整，以使其绕太阳运行的轨道与地球保持同步，同时使自己与地球的自转轴线重合在同一直线上。然后，它将缓缓向地球移动，将其套入大环中。月球的加速持续了两个月，这期间，在它的推进面，平均两三秒钟就会爆炸一枚核弹，到目前为止，已引爆了二百五十多万枚。加速后的月球环绕地球的轨道形状已变得很扁，当月球运行到这椭圆轨道的顶端时，应元帅的邀请，大牙同他一起来到了月球朝向前进方向的一面。他们站在环形山环绕的平原上，感受着从月球另一面传来的震动，仿佛这颗地球卫星的中心有一颗强劲的心脏。在漆黑的太空背景下，吞食者的巨环光彩夺目，占据了半个天空。

"太棒了，元帅虫虫，真的太棒了！"大牙对元帅由衷地赞叹着，"不过你们要抓紧，只剩下一圈的加速时间了，吞食帝国可没有等待别人的习惯。我还有个疑问：你们十年前就已建成的地下城还空着，那些移民什么时候来？你们的月地飞船能在一个月时间里从地球迁移十万人？"

"不会迁移任何人了，我们将是月球上最后的人类。"

听到这话，大牙吃惊地转过身去，看到了元帅所说的"我们"：那是地球太空部队的五千名将士，在环形山平原上站成严整的方阵。方阵前面，一名士兵展开一面蓝色的旗帜。

"看，这是我们行星的旗帜，地球对吞食帝国宣战了！"

大牙呆呆地站着，迷惑多于惊讶。紧接着，他四脚朝天地摔倒了，这是由于月面突然增加的重力所致。大牙一动不动地趴在地上，他那庞大身体激起的月尘在周围缓缓降落，但很快又扬了起来——这是从月球另一面传来的剧烈震波所致，平原也因此蒙上了一层白色的尘被。大牙知道，在月球的另一面，核弹的爆炸密度突然增加了几倍。从重力的激增，他推测出月球的加速度也增加了几倍。他打了个滚儿，从胸前的太空服口袋里掏出硕大的电脑，调出了月球目前的轨道。他看到，如果这剧增的加速度持续下去，轨道将不再闭合，月球将脱离地球引力冲向太空，一条闪着红光的虚线标示出预测的方向。

月球将径直撞向吞食者！

大牙缓缓地站了起来，任手中的电脑掉落。他抬头看去，在突然增加的重力和波浪般的尘雾中，地球军团的方阵仍如磐石般稳立着。

"持续了一个世纪的阴谋。"大牙喃喃地说。

元帅点点头："你明白得太晚了。"

大牙长叹着说："我应该想到地球人与波江人是完全不同的两个物种。波江世界是一个以共生为进化基础的生态圈，没有自然选择和生存竞争，更不知战争为何物……我们却用这种习惯思维来套地球人。而你们，自从从树上下来后就厮杀不断，怎么可能轻易被征服呢？我……不可饶恕的失职啊！"

元帅说："波江人为我们提供了大量的重要信息，其中关于吞食者的加速度极限值就是人类这个作战方案的基础：如果引爆月球上的转向核弹，月球的轨道机动加速度将是吞食者速度极限值的三倍。这就是说，它比吞食者灵活三倍，你们不可能躲开这次撞击。"

大牙说："其实我们也不是完全没有戒备。当地球开始大量生产核弹时，我们时刻监视着这些核弹的去向，确保它们被放置在月球地层中，可没有想到……"

元帅在面罩后面微微一笑："我们不会傻到用核弹直接攻击吞食者，地球人的那些简陋导弹在半途中就会被身经百战的吞食帝国全部拦截，但你们无法拦截巨大的月球。也许凭借吞食者的力量，最终能击碎它或使其转向，但现在距离已经很近，来不及了。"

"狡诈的虫虫，阴险的虫虫，恶毒的虫虫……吞食帝国是心肠实在的文明，把什么都说在明处，可是最终被狡诈阴险的地球虫虫骗了。"大牙咬牙切齿地说，狂怒中想用大爪子抓住元帅，但在士兵们指向他的冲锋枪面前停住了。他没有忘记自己也是血肉之躯，一梭子弹足以让他丧命。元帅对大牙说："我们要走了，劝你也离开月球吧，不然会死在吞食帝国的核弹之下。"

元帅说得很对，大牙和人类太空部队一飞离月球，吞食者的截击导弹就击中了月面。这时，月球的两面都闪烁着强光，朝向前进方向的一面也有大量的岩石被炸飞到太空中。与推进面不同的是，这些岩石是朝着各个方向漫无目标地飞散开的。从地球上看去，撞向吞食者的月球如一个披散着怒发的斗士，任何力量都无法阻挡它！在能看到月球的大陆上，一片人山人海，正爆发出狂热的欢呼。

吞食人的拦截行动只持续了不长时间就停止了，因为他们发现这毫无意义。在月球走完短暂的距离之前，既不可能使它转向，更不可能击碎它。

此时，月球上的推进核弹也停止了爆炸。速度已经足够，地球保卫者要留下足够的核弹进行最后的轨道机动。

在冷寂的太空中，吞食者和地球的卫星静静地相向而行，它们之间的距离在急剧缩短。当两者的距离缩短至五十万千米时，从地球统帅部所在的指挥舰上看去，月球已与"轮胎"重叠，像轴承圈上的一粒钢珠。

直到这时，吞食者的航向也没有任何变化，这是极容易理解的：过早的轨道机动会使月球也做出相应的反应，真正有意义的躲避动作要在月球最后撞击前进行。这就像两名用长矛决斗的中世纪骑士，他们骑马越过长长的距离逼近对方，但胜负是在接触前的一小段距离内决出的。

银河系的两大文明都屏住了呼吸，等待着那最后的时刻。

当距离缩短至三十五万千米时，双方的机动航行开始了。吞食者的发动机首先喷出了上万千米的蓝色烈焰，开始躲避；月球上的核弹则以空前的密度和频率疯狂地引爆，进行着相应的攻击方向修正，那弯曲的尾迹清楚地描绘出其航线的变化。吞食者喷出的上万千米长的蓝色光河的前部镶嵌着月球核弹银色的闪光，构成了太阳系有史以来最壮观的景象。

双方的机动航行进行了三个小时，它们的距离已缩短至五万千米，计算机显示的结果令指挥舰上的人们不敢相信自己的眼睛：吞食者的变轨加速度四倍于波江晶体提供的极限值！以前深信不疑的吞食者的加速度极限值，一直是地球人取胜的基础，现在，月球上剩余的核弹已没有能力对攻击方向做出足够的调整。计算表明，即使尽全力变轨，半小时后，月球也将以四百千米的距离与吞食者擦肩而过。

在一阵令人目眩的剧烈闪光后，月球耗尽了最后的核弹，几乎与此同时，吞食者的发动机也关闭了。在死一般的寂静中，惯性定律完成了这篇宏伟史诗的最后章节：月球紧擦着吞食者的边缘飞过，由于其速度很快，吞食者的引力没能将其捕获，但扭弯了它的飘行轨迹；月球掠过吞食者后，无声地向远离太阳的方向飞去。

指挥舰上，统帅部的人们在死一般的沉默中度过了几分钟。

"波江人骗了我们。"一位将军低声说。

"也许，那块晶体只是吞食帝国的一个圈套！"一位参谋喊道。

统帅部瞬间陷入一片混乱。每个人都声嘶力竭地叫喊着，以掩盖或发泄自己的绝望。几名文职人员或哭泣，或抓着自己的头发，精神已到了崩溃的边缘。只有元帅仍静静地站在大显示屏前，他慢慢转过身来，用一句话稳住了局面："我请各位注意一个现象：吞食者的发动机为什么要关闭？"

这话引起了所有人的思考。是的，在月球上的核弹停止爆炸后，敌人的发动机没有理由关闭，因为他们不可能知道月球上是否还剩有核弹。同时，考虑到吞食者的引力有可能捕获月球，他们也应该继续进行躲避加速，拉开与月球攻击线的距离，而不能仅仅满足于这四百千米的微小间距。

"给我吞食者外表面的近距离图像。"元帅说。

大屏幕上出现了一幅全息画面，这是一个掠过吞食者的地球小型高速侦察器在距其表面五百千米上空传回的。人们敬畏地看着吞食者灯光灿烂的大陆上无数线条粗放的钢铁山脉和峡谷缓缓移过。一条黑色的长缝引起了元帅的注意。在过去的一个世纪中，他已熟记吞食者外表面的每一个细节，可以绝对肯定的是，这条长缝以前是不存在的。很快，其他人也注意到了。

"那是什么？一条……裂缝？"

"是的，裂缝，一条长达五千千米的裂缝。"元帅点了点头，"波江人没有骗我们，晶体带来的资料是真实的，那个加速度极限确实存在。但当月球逼近时，绝望的吞食者不顾一切地用四倍于极限的加速度来躲避。这就是超限加速的后果：它被撕裂了。"

接下来，人们又发现了另外几条裂缝。

"看啊，那又是什么？！"又有人惊叫起来。这时，吞食者的自转正使它表面的另一部分进入人们的视野：金属大陆的边缘出现了一个刺目的光球，如同辽阔地平线上的日出一般。

"自转发动机！"一名军官说。

"是的，是吞食者赤道上很少被启动的自转发动机，此时，它正在以最大功率刹住自转！"

"元帅，这证实了您的看法！"

"尽快用各种观测手段取得详细资料，进行模拟！"元帅说。

但在这之前，一切已在进行中了。

经一个世纪建立起来的精确描述吞食者物理结构的数学模型，在从前方取得必需的数据后高速运转，模拟结果很快出来了：需近四十小时的时间，自转发动机才能把吞食者的自转速度减至毁灭值之下；而如果高于这个转速，离心力将使已被撕裂的吞食者在十八个小时内完全解体。

人们欢呼起来。大屏幕上接着映出了吞食者解体时的全息模拟图像：解体的过程很慢，如同梦幻。在太空漆黑的背景上，这个巨大的世界如同一团浮在咖啡上的奶沫一样散开，边缘的碎块渐渐隐没于黑暗之中，仿佛被太空融化了，只有不时出现的爆炸闪光才使它们重新现形。

元帅并没有同人们一起观赏这令人心旷神怡的画面，他远离人群，站在另一块大屏幕前注视着现实中的吞食者，脸上没有一点胜利的喜悦。冷静下来的人们注意到了他，也纷纷站到这块屏幕下。他们发现，吞食者尾部的蓝色光环又出现了，它再次启动了推进发动机。在环体已经被严重损伤的情况下，这似乎是一个不可理解的错误，这时，任何微小的加速度都可能导致大环解体。而吞食者的运行方向更让人迷惑：它正在缓缓回到躲避月球攻击前所在的位置，谨慎地建立与地球同步的太阳轨道，并使自己和地球的自转轴重合在一条直线上。

"怎么，这时它还想吃地球？"有人吃惊地说，他的话引起了稀疏的笑声，但笑声戛然而止，人们看到了元帅的表情：他已不再看屏幕，而是双眼紧闭，苍白的脸上毫无表情。一个世纪以来，作为抗击吞食者的精神支柱之一，太空将士们已经熟悉了他的声音、容貌，但他们从来没有见到他像现在一般。人们冷静下来，再看屏幕，终于明白了一个严峻的现实：

吞食者还有一条活路。

吞食地球的航行开始了，已与地球同步自转的、同轴的吞食者向着这颗行星的南极移动。如果它慢了，会在自转的离心力下解体；如果太快，推进的加速度又可能使其提前解体。吞食者正走在一条生死攸关的钢丝绳上，它必须绝对正确地把握住时间和速度的平衡。

在地球的南极被套入大环前的一段时间，太空中的人们看到，南极大陆的海岸线形状急剧变化。这个大陆像一块热煎锅上的牛油一样缩小着面积，地球的海水在吞食者引力的拉动下涌向南极，地球顶端那块雪白的大陆正在被滔天巨浪所吞没。

这时，吞食者大环上的裂缝越来越多，且都在延长扩宽。最初出现的那几条裂缝已不再是黑色的，里面透出了暗红色的火光，像几千千米长的地狱之门。有几条蛛丝般的白色细线从大环表面升起，接下来，这样的细线越来越多，出现在大环的每一处，仿佛吞食者长出了稀疏的头发。这是从大环上发射的飞船的尾迹，吞食者开始从他们将要毁灭的世界逃命了。

但当地球被大环吞入一半时，情况发生了逆转：地球的引力像无数根无形的辐条拉住了正在解体的大环，吞食者表面不再有新的裂缝出现，已有的裂缝也停止了扩张。十四小时过去后，地球被完全套入大环，它那引力的辐条变得更加强劲有力，吞食者表面的裂缝开始缩小，又过了五个小时，这些裂缝完全合拢了。

在指挥舰上，统帅部的大屏幕黑了，甚至连灯都灭了，只有太阳透过舷窗投进惨白的光。为了产生人工重力，飞船仍在缓缓自转，使得太阳从不同位置的舷窗中升升降降。光影流转，仿佛在追述着人类那已永远成为过去的日日夜夜。

"谢谢各位在过去一个世纪中尽职尽责的工作，谢谢。"元帅说，并向统帅部的全体人员敬礼。在将士们的注视下，他平静地整理了一下自己的军装，其他人也跟着做了。

人类失败了，但地球保卫者们已经尽到了自己的责任。对于尽责的战士来说，这一时刻仍是辉煌的。他们接受了平静的良心授予自己的无形勋章，他们有权享受这光荣的一刻。

尾声　归宿

"真的有水啊！"一名年轻上尉惊喜地叫了出来。面前确实是一片广阔的水面，在昏黄的天空下泛着粼粼的波光。

元帅摘下太空服的手套，捧起一点儿水，推开面罩尝了尝，又赶紧将面罩合上，"嗯，还不是太咸。"看到上尉也想打开面罩，他制止说，"会得减压病的。大气成分倒没问题，硫黄之类的有毒成分已经很淡了，但气压太低，相当于战前的一万米高空。"

一名将军在脚下的沙子中挖着什么，"也许会有些草种子。"他抬头对元帅笑笑说。

元帅摇摇头，说："这里战前是海底。"

"我们可以到离这里不远的十一号新陆去看看，那里说不定会有。"那名上尉说。

"有也早烤焦了。"有人叹息道。

大家举目四望。地平线处有连绵的山脉，它们是最近一次造山运动的产物。青色的山体由赤裸的岩石构成，从山顶流下的岩浆河发着暗红的光，使山脉看上去像一个淌血的巨人躯体，但大地上的岩浆河已经消失了。

这是战后二百三十年的地球。

战争结束后，统帅部幸存的一百多人在指挥舰上进入冬眠期，等待地球被吞食者吐出后重返家园。指挥舰则成为一颗卫星，在一条宽大的轨道上围绕着由吞食者和地球组成的联合星体运行。在后来的时间里，吞食帝国并没有打扰他们。

战后第一百二十五年，指挥舰上的传感系统发现吞食者正在吐出地球，就唤醒了一部分冬眠者。当这些人醒来后，吞食者已飞离地球，向金星方向航行，而这时的地球已变成一颗人们完全陌生的行星，像一块刚从炉子里取出的火炭，海洋早已消失，蛛网般的岩浆河流覆盖着大地。他们只好继续冬眠，重新设定传感器，等待地球冷却。这一等又是一个世纪。

冬眠者们再次醒来时，发现地球已冷却成一颗荒凉的黄色行星，剧烈的地质运动平息下来，虽然生命早已消失，但还存在稀薄的大气，甚至还发现了残存的海洋，于是，他们就在一个大小如战前内陆湖泊的边缘着陆了。

一阵轰鸣声——就算在这稀薄的空气中也震耳欲聋——那艘熟悉的外形粗笨的吞食帝国飞船在人类飞船的不远处着陆。高大的舱门打开后，大牙拄着一根电线杆长度的拐杖颤巍巍地走下来。

"啊，您还活着！有五百岁了吧？"元帅同他打招呼。

"我哪儿能活那么久啊！战后三十年我也冬眠了，就是为了能再见你们一面。"

"吞食者现在在哪儿？"

大牙指向天空的一个方向："晚上才能看见，只是一颗暗淡的小星星。它已驶出木星轨道。"

"它在离开太阳系吗？"

大牙点点头："我今天就要启程去追它。"

"我们都老了。"

"老了……"大牙黯然地点点头，哆嗦着把拐杖换了手，"这个世界，现在……"他指指天空和大地。

"有少量的水和大气留了下来，这算是吞食帝国的仁慈吗？"

大牙摇摇头："与仁慈无关，这是你们的功绩。"

地球战士们不解地看着大牙。

"哦，在那场战争中，吞食帝国遭受了前所未有的创伤。死了上亿人，生态系统也被严重损坏。战后，我们用了五十个地球年的时间才初步修复撕裂的大环，又过了很久才有能力对地球进行咀嚼。但你知道，我们在太阳系的时间有限，如果不能及时离开，恰巧又有一片星际尘埃飘到我们前面的航线上，若选择绕道，我们到达下一个行星系的时间就会晚一万七千年，那时我们要吞食的行星就会被衰老的恒星吞食掉，所以，我们对太阳几颗行星的咀嚼就很匆忙，吃得不太干净。"

"这让我们倍感自豪。"元帅看看周围的人们说。

"你们当之无愧！那真是一场伟大的星际战争。在吞食帝国漫长的征战史中，你们是最出色的战士之一！直到现在，帝国的行吟诗人还在到处传唱地球战士史诗般的战绩。"

"我们更想让人类记住这场战争。对了，现在人类怎样了？"

"战后，大约有二十亿人类移居到吞食帝国，占人类总数的一半。"大牙说着，打开了手提电脑宽大的屏幕，上面出现了人类在吞食者上生活的画面：蓝天下，一片美丽的草原，一群快乐的人在歌唱跳舞，一时难以分辨这些人的性别，因为他们的皮肤都是那么细腻白嫩，都身着轻纱般的长服，头上装饰着美丽的花环。远处有一座漂亮的城堡，其形状显然来自地球童话。镜头拉近，元帅细看这些漂亮人儿的表情，确信他们真的是处于快乐之中。那是一种真正无忧无虑的快乐，如水晶般单纯，战前的人类只在童年能够短暂地享受。

"必须保证他们的绝对快乐，这是起码的饲养要求，否则肉质得不到保证。地球人是高档食品，只有吞食帝国的上层社会才有钱享用，这种美味像我都是吃不起的。哦，元帅，我们找到了您的曾孙，录下了他对您说的话，想看吗？"

元帅吃惊地看了大牙一眼，点点头。屏幕上出现了一个皮肤细嫩的漂亮男孩。从面容上看，他可能只有十岁，但身材却有成年人那么高，一双女人般的小手拿着一个花环，显然是刚刚从舞会上被叫过来的。他眨着一双水灵灵的大眼睛说："听说曾祖父您还活着？我只求您一件事，千万不要来见我啊！我会恶心死的！想到战前人类的生活，我们都会恶心死的，那是狼的生活、蟑螂的生活！您和您的那些地球战士还想维持那种生活，差一点真的阻止人类进入这个美丽的天堂！变态！您知道您让我多么羞耻、多么恶心吗？呸！不要来找我！呸！快死吧，你！"说完，他又蹦跳着加入到草原上的舞会中去了。

大牙首先打破了尴尬的沉默："他将活过六十岁，能活多久就活多久，不会被宰杀。"

"如果是因为我的缘故，十分感谢。"元帅凄凉地笑了一下。

"不是。在得知自己的身世后，他很沮丧，也充满了对您的仇恨，这类情绪会使他的肉质不合格。"

大牙感慨地看着面前这最后一批真正的人类。他们身上的太空服已破旧不堪，脸上都刻着岁月的沧桑，在昏黄的阳光里，如同地球大地上一群锈迹斑斑的铁像。

大牙合上电脑，充满歉意地说："本来不想让大家看这些的，但你们都是真正的战士，能够勇敢地面对现实，要承认……"他犹豫了一下才说，"人类文明完了。"

"是你们毁灭了地球文明，"元帅凝视着远方，"你们犯下了滔天罪行！"

"我们终于又开始谈道德了。"大牙咧嘴一笑。

"在入侵我们的家园并极其野蛮地吞食一切后，我不认为你们还有这个资格。"元帅冷冷地说。其他人不再关注他们的谈话，吞食者文明冷酷残暴的程度已超出人类的理解力，他们现在真的没有兴趣再同其进行道德方面的交流了。

"不，我们有资格，我现在还真想同人类谈谈道德……您怎么拿起来就吃啊！"

大牙最后这句话让所有人浑身一震。这话不是从翻译器中传出的，而是大牙亲口说的，虽然嗓门很大，但他对三个世纪前元帅的声调模仿得惟妙惟肖。

大牙通过翻译器接着说："元帅，您在三百年前的那次感觉是对的。星际间的不同文明，相似之处要比差异更令人震惊，我们确实不应该这么像。"

人们把目光聚焦在大牙身上。他们都预感到，一个惊天的大秘密将被揭开。

大牙动动拐杖，使自己站直，看着远方说："朋友们，我们都是太阳的孩子，地球是我们共同的家园，但我们比你们更有权利拥有她！因为在你们之前的一亿四千万年，我们的先祖就在这颗美丽的行星上生活，并创造了灿烂的文明。"

地球战士们呆呆地看着大牙，身边的残海跳跃着昏黄的阳光，远方的新山脉流淌着血红的岩浆。越过六千万年的沧桑时光，曾经覆盖地球的两大物种在这劫后的母星上凄凉地相会了。

"恐——龙——"有人低声惊叫。

大牙点点头："恐龙文明崛起于一亿地球年前，就是你们地质纪年的中生代白垩纪中期，在白垩纪晚期达到鼎盛。我们是体型巨大的物种，对生态的消耗量极大。随着恐龙数量的急剧增加，地球生态圈已难以维持恐龙社会的生存，接着恐龙又吃光了刚刚拥有初级生态的火星。地球上恐龙文明的历史长达两千万年，但恐龙社会真正的急剧膨胀也就是几千年的事，其在生态上造成的影响从地质纪年的长度看，很像一场突然暴发的大灾难，这就是你们所猜测的白垩纪灾难。

"终于有那么一天，所有的恐龙都登上了十艘巨大的世代飞船，航向茫茫星海。这十艘飞船最后合为一体，每到达一颗有行星的恒星就扩建一次，经过六千万年，就成为现在的吞食帝国。"

"为什么要吃掉自己的家园呢？恐龙没有一点儿怀旧感吗？"有人问。

大牙陷入了回忆："说来话长。星际空间确实茫茫无际，但与你们的想象不同，真正适合我们高等碳基生物生存的空间并不多。从我们所在的位置向银河系的中心方向，走不出两千光年，就会遇到大片的星际尘埃，在其中既无法航行，也无法生存；再向前，则会遇到强辐射和大群游荡的黑洞……如果向相反的方向走呢，我们已在旋臂的末端，不远处就是无边无际的荒凉虚空。在适合生存的这片空间中，消耗量巨大的吞食帝国已吃光了所有的行星。现在，我们的唯一活路是航行到银河系的另一旋臂去，我们也不知道那里有什么，但在这片空间待下去肯定是死路一条。这次航行要持续一千五百万年，途中一片荒凉，我们必须在起程前贮备好所有的消耗品。这时的吞食帝国就像干涸的小水洼中的一条鱼，它必须在水洼完全干掉之前猛跳一下，虽然多半是落到旱地上，在烈日下死去，但也有可能落到相邻的另一个水洼中活下去……至于怀旧感，在经历了几千万年的太空跋涉和数不清的星际战争后，恐龙种族早已是铁石心肠了。为了前面千万年的航程，吞食帝国要尽可能多吃一些东西……文明是什么？文明就是吞食，不停地吃啊吃，不停地扩张和膨胀，其他的一切都是次要的。"

元帅深思着说:"难道生存竞争是宇宙间生命和文明进化的唯一法则?难道不能建立起一个自给自足的、内省的、多种生命共生的文明吗?像波江文明那样?"

大牙长出一口气:"我不是哲学家,回答不了这个问题。也许答案是肯定的,关键是谁先走出第一步呢?自己的生存是以征服和消灭别人为基础的,这是这个宇宙中生命和文明生存的铁的法则,谁要首先不遵从它而自省起来,就必死无疑。"

大牙转身走上飞船,再出来时,手中端着一个扁平的方盒子。那个盒子长宽有三四米,起码要四个人才能抬起来。大牙把盒子平放到地上,掀起顶盖。人们看到盒子里装满了土,土上长着一片青草。在这已无生命的世界中,这绿色令所有人心动。

"这是一块战前地球的土地,战后我使这块土地上的所有植物和昆虫都进入冬眠,现在过了两个多世纪,又使它们同我一起苏醒。我本想把这块土地带走做个纪念,唉,现在想想还是算了吧,还是把它放回它该在的地方吧!我们从母星拿走的够多了。"

看着这一小片生机盎然的地球土地,人们的眼睛湿润了,他们现在知道,恐龙并非铁石心肠。在那比钢铁和岩石更冰冷坚硬的鳞甲后面,也有一颗渴望回家的心。

大牙一挥爪子,似乎想把自己从某种情绪中解脱出来,"好了,朋友们,我们一起走吧,到吞食帝国去。"看到人们的表情,他举起一只爪子,"你们到那里当然不是作为家禽被饲养。你们是伟大的战士，都将成为帝国的普通公民，你们还会得到一份工作：建立一座人类文明博物馆。"

地球战士们把目光集中在元帅身上。他想了想，缓缓地点了点头。

地球战士们一个接一个地上了大牙的飞船。那是为恐龙准备的梯子，他们必须一节一节地以引体向上的方式爬上去。元帅是最后一个上飞船的人，他双手抓住飞船舷梯最下面一节踏板的边缘，在把自己的身体拉离地面的时候，他最后看了一眼脚下地球的土地，然后就停在那里看着地面，很长时间一动不动，他看到了——蚂蚁。

这蚂蚁是从盒子中的土里爬出来的。元帅放开抓着踏板的双手，蹲下身，让它爬到自己手上。他举起那只手，细细地看着它，它那黑宝石般的小身躯在阳光下闪闪发亮。元帅走到盒子旁，把这只蚂蚁放回那片小小的草丛中。这时，他又在草丛间的土面上发现了其他几只蚂蚁。

他站起身来，对刚来到身边的大牙说："我们走后，这些草和蚂蚁就是地球上仅有的生命了。"

大牙默默无语。

元帅说："地球上的文明生物有越来越小的趋势——恐龙，人，然后可能是蚂蚁。"他又蹲下来，深情地看着那些在草丛间穿行的小生命，"该轮到它们了。"

这时，地球战士们也纷纷从飞船上下来，返回到那块有生命的地球土地前，围成一圈，深情地看着它。

大牙摇摇头，说："草能活下去，这海边也许会下雨。但蚂蚁不行。"

"因为空气稀薄吗？看样子它们好像没受影响。"

"不，空气没问题。与人不同，在这样的空气中它们能存活。关键是没有食物。"

"不能吃青草吗？"

"那就谁也活不下去了：在稀薄的空气中，青草长得很慢；蚂蚁会吃光青草，然后饿死——这倒很像吞食文明可能的最后结局。"

"您能从飞船上给它们留下些吃的吗？"

大牙又摇头："我的飞船上除了生命冬眠系统和饮用水外，什么都没有。我们在追上帝国前需要冬眠。你们的飞船上还有食物吗？"

元帅也摇了摇头："只剩几支维持生命的注射营养液，没用的。"

大牙指指飞船："我们还是抓紧时间吧。帝国的加速很快，晚了我们会追不上它的。"

沉默。

"元帅，我们留下来。"一名年轻中尉说。

元帅坚定地点点头。

"留下来？干什么？"大牙挨个儿看着他们，惊讶地问，"你们飞船上的冬眠装置已接近报废，又没有食品，留下来等死吗？"

"留下来走出第一步。"元帅平静地说。

"什么？"

"您刚才提过的新文明的第一步。"

"你们……要做蚂蚁的食物？"

地球战士们点点头。大牙无言地注视了他们很长时间，然后转身，拄着拐杖慢慢走向飞船。

"再见，朋友！"元帅在大牙身后高声说。

老恐龙长长地叹息了一声："在我和我的子孙前面，是无尽的暗夜，不休的征战。茫茫宇宙，哪里是家呀！"人们看到他的脚下湿了一片，不知道那是不是一滴眼泪。

恐龙的飞船在轰鸣中起飞，很快消失在西方的天空。在那个方向，太阳正在落下。

最后的地球战士们围着那块有生命的土地默默地坐了一会儿，然后，从元帅开始，大家纷纷掀起面罩，在沙地上躺了下来。

时间流逝，太阳落下，劫后的大地映在一片美丽的晚霞中。然后，星星一颗接一颗地在天空中出现。元帅发现，一直昏黄的天空这时居然现出了一抹深蓝。在稀薄的空气夺去他的知觉前，他欣慰地感到太阳穴上有轻微的骚动——蚂蚁正在爬上他的额头。这感觉让他回到了遥远的童年，在海边两棵棕榈树间拴着的小吊床上，他仰望着灿烂的星海，妈妈的手抚过他的额头……

夜晚降临了，残海平静如镜，毫不走样地映着横跨夜空的银河。这是这颗行星有史以来最宁静的夜晚。

在这宁静中，地球重生了。

魂兮归来 / 索何夫

宇宙文明毁灭周期

一

这里的许多人即将死去。

她竭尽全力地沿着从峡谷中央蜿蜒流过的小溪奔跑着，肺叶和气管因为持续的急促呼吸而火烧火燎地疼痛。装有行李的背包已经在早些时候的慌乱中丢弃了，右脚的登山靴也不知去向，溪边尖锐的砾石割破了她的袜子，将她的脚底划得鲜血淋漓。谷底的荆棘在她裸露的面部和手臂上留下了一道道红肿的伤痕，疼痛随着她的每一个动作持续不断地涌来，像冲击堤坝的汹涌潮水般冲击着她的理智与耐力的底线，但这一切都没有让她停下狂奔的脚步——因为死神就紧随在身后！

一支粗陋的标枪突然从不远处的树丛中飞出，燧石制成的枪头准确地扎进了一个跑在前面的男人的胸膛！这个不幸的人无力地跪倒在溪水中，双手仍然紧握着标枪的枪杆，似乎在与试图带走他生命的死神进行最后的角力。

片刻之后，几块沉重的卵石也呼啸着飞向了奔逃的人们，一个女人躲闪不及，颅骨被砸得凹下去一块，在摔倒之前就已经毙命。另一个男人返身试图把她拉起来，旋即成了下一阵石雨的牺牲品。

侥幸躲过一劫的人们惊恐地尖叫着，像猝然遭遇野狼的鹿群般朝着另一个方向奔去，十几双腿在鲜血的溪水中起起落落，溅起一片骇人的浪花。

这一切都将被如实地记录下来——正悄无声息地围绕着她飞行的那个拳头大小的灰色球体会确保这一点。该球体经过特别加固的外壳和镜头，足以抵挡那些奎因人原始武器的打击，而如果这些人全部丧生，它将会自动飞往戴达罗斯 α 行星上最近的——事实上也是唯一的——居民点，将发生在这里的一切通报给其他人。她花重金购买这台蜂式摄像机的最初目的，是拍摄戴达罗斯 α 行星上最为神秘的奇观——那些被奎因人奉为"圣域"的地方，但讽刺的是，它现在却成了众人惨遭屠戮的全过程的唯一见证者。

到底是哪里出了问题？她绝望而恼怒地问自己。为了完成这项拍摄计划，她等了整整半年才从邦联殖民部弄到了允许前往戴达罗斯 α 行星随团旅游的许可，然后又花了相同的时间获取奎因人的信任，让奎因人允许她进入他们的村落参观拍摄，并在他们臭得像 A 级垃圾处理流水线一样的茅屋里住宿。为了取得那些愚蠢的原始人的信任，她和她的同事们对土著村落进行了一次又一次的礼节性拜访，向他们赠送了从药品、种子到金属工具在内的各种礼物，还按照他们的习俗割开自己的手掌，用鲜血在一堆木片和骨头上涂抹了一大堆鬼画符，以求得到接近"圣域"的许可。为什么在把该做的全都做过了之后，那些该死的原始人却突然翻脸不认人？自己到底做错了什么？

当一支颤抖着的箭杆突然出现在她的胸口上时，她终于意识到，自己永远不会有机会知道这个问题的答案了。在一阵如同夜枭般的低啸声中，数十名、也许是上百名奎因人从藏身的湿地植被和矮树丛中蜂拥而出，截住了这群精疲力竭的逃亡者。或许是由于趋同进化的缘故，除了像蜥蜴一样带有瞬膜的眼睛和没有外耳的耳孔外，这些戴达罗斯 α 行星的土著看上去更像是罗马史学家笔下的凯尔特或者色雷斯蛮族——他们拥有修长有力的四肢，涂抹着暗绿色和黑色油彩的健壮躯干，从头顶一直沿颈椎延伸到背部、看上去就像是狮子的鬃毛般的浓密毛发，以及一双野性未驯的金黄色眼睛。这些奎因人挥舞着棍棒、投石索和短矛，前额上用彩色线绳绑着一串猎物骨头——按照为她的拍摄计划提供建议的社会学家的说法，这些可怕的饰物代表着为了捍卫信仰所展开的不死不休的战斗。

在生命的最后时刻，时间的流逝似乎变得慢了下来。她看到一支箭像慢镜头般缓缓掠过她的头顶，准确地击中了正在拍摄这一幕的蜂式摄像机，但随后被它的高强度陶瓷外壳弹到了一旁。飘浮在半空中的小圆球摇晃了一下，像受惊的鸟儿一样飞到了更高的地方，继续拍摄这场一边倒的屠杀。

陷入包围的人们厉声尖叫、慌作一团。一些人试图进行自卫，另一些人则将双手举过头顶，大叫大嚷着希望对方能放他们一条生路。但所有的努力全都是徒劳的。挥舞着武器的奎因人一边发出狂热的吼叫，一边冷酷地将包围圈中的每一个人砍翻、捅倒、刺穿，就像一群正在围捕猎物的猎人。

"获救了！"当这群土著中的一个举起手中的短柄斧，准备结果最后几名仍在痛苦挣扎着的伤员时，她的植入式个人终端将那个奎因人的叫喊声翻译了出来。"获救了！"在斧刃砍进她的血肉、劈开她的骨骼的那一刻，那个奎因人再次呼喊道，语调中混合着莫名的兴奋与悲伤。

世界变成了一片暗淡的血红色……

二

"诸位，这是两年里的第三次了！"邦联殖民部的特派员罗南中校用那支雕刻着猎鹰图案的镀金军官手杖敲了敲安装着全息投影仪的旧办公桌，正在播放的三维图像摇晃了一阵，不过很快就恢复了平稳，"我希望你们能够解释一下，为什么这群浑蛋到现在为止还这么干——在他们从我们手里拿了这么多援助之后！"

因为总有些家伙自以为高人一等，认为他们可以肆意妄为，不必遵守那些"原始人"定下的规矩。坐在桌边的韩碧深吸了一口气，强迫自己将目光从仍然在播放着的杀戮场景上移开。她不是一个缺乏同情心的人，更不是那种一门心思扑在研究项目上、对周围的一切全都漠不关心的"技术生物"，但即便如此，她仍然很难让自己对画面上那些正在遭到杀戮的人产生同情。她知道，如果按照现代人的标准，奎因人的行为是十足的野蛮之举，但那里是戴达罗斯α行星，是奎因人的地盘。在那里，一切都应当按照奎因人的标准进行衡量。

"你们难道就不能做点儿什么吗？"在桌子的另一侧，罗南中校仍然在用他那令人厌恶的夸张语调说着，听上去活像个正在对着镜子练习独白的三流话剧演员，"韩博士，邦联殖民局每年付给你两百万信用点供你和这帮奎因人打交道，让你研究他们的文化、语言与习俗，为他们提供免费的医疗卫生服务。但现在，你却告诉我，你们不会试图阻止这些家伙继续杀害无辜的——"

"无辜？"韩碧的纤细眉毛微微向上扬起了几度，"恕我直言，发生在 11 月 20 日的那场袭击显然是——如果您不介意我使用这个词来形容的话——情有可原的。那个摄影记者和她的同伴们非法将摄影器材带上这颗行星，并擅自接近新奥林匹斯峰的奎因人'圣域'。我在去年、前年和三年前提交的年度报告中已经多次指出，任何私自接近奎因人'圣域'的行为都极为危险。换句话说，我们不能因为某些蠢货无视警告而送掉自己的性命就指责奎因人——如果一个傻瓜执意跳进关着老虎的笼子，那么我们能指责吃掉他的老虎吗？"

"恐怕您的比喻不太恰当，博士。"在踱够了步子之后，罗南中校终于重新坐了下来。在这种姿势下，这个长着方下巴和厚嘴唇的大块头亚洲人看上去活像一头山地大猩猩，用咄咄逼人的目光俯瞰着那些胆敢闯入他的领地的家伙。"老虎不过是没有智力的、凭本能行事的畜生，但奎因人却是通过了邦联科学院鉴定的智慧种族——如果我没记错的话，智慧种族判断标准的第一条是拥有理性思维能力，对吧？"他说。

"没错。"

"但你现在却告诉我，你们没法和他们讲讲道理，让他们认识到这种愚蠢的行径——"

"如果涉及的是其他问题的话，我们确实会这么做。"拉尔夫·特伦特说道。这个一脸倦怠神情的中年男子是戴达罗斯α行星人文与自然科学研究所的主任，也是除了在这座研究所里担任人文科学部主任的韩碧之外的、仅有的一个曾经在这颗行星上连续生活超过十年的地球人，"奎因人并非蛮横无理的种族，只要对方开出合适的条件，他们很乐意作出让步。但一切与'圣域'相关的问题都不在此列。事实上，比起在这个问题上让步，他们宁愿选择继续支付命债。"

殖民部特派员的嘴角不引人注意地抽动了一下——在他带着整整一个中队的维和部队士兵抵达这颗行星的第二天，奎因人就为他送上了一份"大礼"：十四名奎因人同胞的头颅。在奎因人的概念中，这便是所谓"命债"——他们取走了十三名游客和一名摄影记者的性命，因此要用十四条等价的性命抵偿，公平交易，童叟无欺。

当然，这并不是奎因人首次向地球人支付命债——戴达罗斯 α 行星短暂的殖民史浸透了鲜血。最初来到这里的几批定居者全都遭到了奎因人的屠杀，而谋杀者们的答复理直气壮：由于这些开拓者无视警告，擅自闯入被奎因人称为"圣域"的地方，因此他们不得不采取必要的手段"拯救他们的灵魂"。作为补偿，奎因人每次都会按照他们的习惯送上参与袭击行动者的头颅，偿还被杀者的命债。尽管邦联当局没有因此向奎因人兴师问罪，但在著名的"屠杀谷事件"后，殖民部还是将戴达罗斯 α 行星列入了 B 级禁止入境名单——这意味着除了少数科研与医疗人员，任何人都严禁在此定居或拥有不动产，而游客的入境则会受到严格限制，并在出发前被告知可能的危险。尽管如此，每年仍然有数以千计的游客络绎不绝地来到这颗行星，甚至不惜为此支付高得惊人的费用——只为了目睹遍布戴达罗斯行星系的遗迹。

在大多数情况下，只要认真遵守殖民部的规定，规规矩矩的游客都能安然无恙地离开这颗行星。但总有某些傻瓜为了满足好奇心或者经济利益，而将警告当成耳旁风——而这种家伙往往会为自己和同行者惹来杀身之祸。那些奎因人会先毫不客气地砍掉他们的脑袋，然后再在一场特别的仪式上割下自己的头颅，作为对杀戮行为的补偿。

不过话说回来，两年发生三次屠杀事件的确是有些太多了。

"我不想要什么该死的命债！"罗南恼怒地说道，"我要那些乱蓬蓬、臭烘烘的脑袋有什么用？殖民部既不能拿这些玩意儿让死人活过来，也不能用它们支付抚恤金。这些忘恩负义的狗东西，我们每年花那么多钱为他们提供医疗援助——"

"那点儿钱连殖民部颁发旅游许可证收入的十分之一都不到。"韩碧指出，"我们只是施舍了一些残羹剩饭。你管这个也叫'援助'？"

罗南涨红了脸："听着，殖民部已经决定永久性地结束这种该死的、无意义的流血事件，而不是……"

"那他们就应该加强对入境者的管理。"特伦特说道，"只要他们不去惹麻烦，麻烦就不会惹上他们。"

"但我们都知道，这是不可能的。"罗南慢慢地揉着他那十根裹在白色手套里的粗短手指，"我们生活在一个无聊的时代——所有人都因为缺乏生存压力和过度娱乐而无聊透顶，为了五分钟的新鲜感，他们连命都可以不要。奎因人越是藏着揩着他们的'圣域'，人们对它的兴趣就越浓。你们真的认为那些以身犯险的傻瓜不知道来这儿有危险？实话说吧，有些家伙就是冲着危险才跑到这里来的。而邦联殖民部却必须替他们擦屁股！我知道那些奎因人信任你，韩博士，你是唯一一个得到他们'认可'、可以与他们共同生活的人。我不相信你真的没办法说服他们。"

"那您最好学会相信这一点。"韩碧耸了耸肩，"我可以安排他们与你进行一场正式谈判，特派员先生，但我可以保证，这种谈判不会有任何成果。除此之外，动用武力也同样解决不了问题——在奎因人眼里，拯救灵魂比保护肉体要重要得多。"

沉默。

"也许你是对的。既然谈判注定于事无补，那我们也没必要去白费工夫，对吧？"在片刻的沉默之后，罗南舔了舔厚厚的嘴唇，小小的黑眼睛里露出几分得意的神色，看上去活像是一只盯上小鸡的狐狸，"不过，殖民部派我来这里，是为了阻止类似的流血事件继续发生。既然我们既不能通过武力，也无法依靠谈判解决问题，那么我只能采取迫不得已的手段，向殖民部申请将戴达罗斯 α 行星的禁止入境等级提升到 A 级。"

韩碧和特伦特交换了一个混合着恼怒与担忧的眼神——被列入 A 级禁止入境区域，意味着整颗行星及其周边区域将被邦联维和部队无限期关闭，任何人都不得进入该行星的大气层内，当然，也包括在这颗行星上工作的所有科研人员。尽管提升禁止入境等级的最终决定权在殖民部，但韩碧他们愿意拿出全部家当打赌，如果罗南真的提交了这么一份报告的话，坐在办公室里的那帮老爷肯定会在一分钟之内就把这份报告变成盖着官方钢印的正式文件。

"既然这样，那我认为……呃……也许试着进行一次谈判也没什么坏处。"韩碧强迫自己挤出了一丝僵硬的笑容。但愿你不得好死，你这自以为是的浑蛋！韩碧想，"但我还有几个条件……"

三

透过嘲鸫级运输机视野良好的舷窗向外望去，戴达罗斯α行星的大地就像一片由苍翠欲滴的绿玉铺成的巨大马赛克。浅绿色的高地、平原与深绿色的峡谷像海面的波浪般层层叠叠地排列在蔚蓝的天穹之下。一座座积满了水的圆形死火山口如同蓝水晶般点缀其间。早在数十万年前就已经冷却的玄武岩平原上覆满了青翠的矮小灌木。无数带着白色伞状绒毛的种子随着温暖的晨风四处飘荡，宛如一片片有生命的雾霭。

除了似乎无穷无尽的绿色和天蓝色外，在这颗行星的地表还有另外一种颜色，一种显然出于人力而非自然之手的颜色。数以百计的巨型建筑星罗棋布地散落在一望无际的茂密丛林之中，每一座的表面上都闪烁着非自然的冰冷的钢青色光泽。大多数建筑物都是规规矩矩的圆柱体，分布也相对集中，显然是公共建筑或者居民楼之类的设施。但另一些建筑的用途就很难猜测了：一座外形活像埃菲尔铁塔和勃兰登堡门混合体的巨型建筑不断从钢青色转化成淡蓝色，接着变得完全透明，随后又逆向重复这一过程；另一座看上去有些类似于玛雅金字塔的建筑上空悬浮着一个不断旋转的淡橙色花岗岩球体。当"嘲鸫"飞过一处像圣海伦斯山一样崩塌了小半边、显然曾经猛烈喷发过的火山口时，一道从山顶射出的淡紫色光芒迎面而来，它穿透了运输机的外壳，像一堵移动的墙一样从正坐在客舱中相互"相面"的韩碧和罗南身边扫了过去，仿佛将他们与外部空间隔开的二十厘米厚的钛合金机壳和陶瓷隔热层不过是一层透明的糯米纸。

"唔，有意思。"当那道紫色的光墙从罗南的身边扫过时，他咂了咂两片厚实的嘴唇，"怪不得总有人想来这儿——除非亲眼看到，否则你永远也不可能有这样的感觉。这就像……"

"像魔法一样。"拉尔夫·特伦特说道。

"哈，你们搞科学的也信这个？"

"所谓'魔法'，不过是理性与无知的分水岭。对于处于蒙昧状态的人而言，一切他们无法理解的东西都可以被视为魔法。"韩碧语气生硬地说道。

"就像阿瑟·克拉克说的那样。"特伦特补充了一句。

"以我们目前的知识水平，要理解古代奎因人的科技，就像试图阅读上帝本人的手稿一样困难——以刚才那座方尖塔为例，一个物理学专家小组曾经花了三年时间对它的工作原理进行分析，他们最后得出的结论是，要想弄清楚那些光子是如何穿透不透明物质的，人类必须先开拓一个全新的量子物理学分支学科才行。换句话说，与这些遗迹的建造者相比，我们的技术水平与石器时代的原始人并没有本质区别。"韩碧说。

在由主星戴达罗斯、伴星伊卡洛斯，以及姊妹行星戴达罗斯 α 和戴达罗斯 β 组成的戴达罗斯行星系中，古老文明的遗迹随处可见，正是它们吸引着成千上万的游客源源不断地涌入这颗气候宜人、但却缺乏天然资源的偏远行星。在遥远的 20 世纪，一位名叫费米的学者曾经提出了一个著名的悖论：假如智慧生命在宇宙中是一种普遍现象，那么为什么一直没有任何外星人前来拜访地球？在其后的几百年里，这个悖论一直困扰着一代又一代的科学家与科幻小说作家。直到人类发明了跃迁引擎，展开真正意义上的星际航行活动后，一切才有了点儿眉目——最初的开拓者在数十颗类地行星表面（包括地面和海底）都发现了曾经存在的智慧文明留下的痕迹。在某些行星上，他们甚至发现了不止一个文明。

正如地球上各个区域的文明发展存在差异一样，这些古代的地外文明的发展程度也各不相同，其中一些并不比奥尔梅克人先进多少，而另一些则已经发展到了太空时代，但所有这些地外文明都有一个共同点：它们全都在大约八万地球年之前的某一天突然土崩瓦解、灰飞烟灭，从此隐没在历史的迷雾中。大多数智慧种族只留下了废墟与遗迹，而某些种族——比如奎因人——尽管幸存了下来，但却退化成了茹毛饮血的蛮族。正是在那之后，人类逐步摆脱了旧石器时代的蒙昧状态，建立起了真正的文明。科学家们针对这些文明同时消失的原因进行了旷日持久的研究，提出了数十种理论与假说，但没有人能够给出一个令大多数人信服的解释。

在所有已经覆灭的地外古文明中，戴达罗斯α文明（或称古奎因文明）是历史最悠久、发展程度最高的——没有之一。尽管时光已经流逝了八万年（按照戴达罗斯α的恒星年计算，则是六万四千年），但这个文明的绝大多数遗迹却似乎并未受到岁月的侵蚀，仍然像它们刚刚建成时那样正常运转着。支撑它们运转的能源全都来自双星系统中的小个子伴星伊卡洛斯——这颗红矮星被古代奎因人整个罩上了一套类似戴森球的能量采集系统。它产生的每一焦耳能量都会被吸收、转化，输送到戴达罗斯α行星，为古奎因人的设备提供永不枯竭的能源。唯一的例外是他们的量子计算机——这些利用物质的量子叠加态进行高速运算的设备，全都在古奎因文明崩溃的同时变成了无法工作的废铜烂铁，没人知道其中的原因。

"那么，"罗南又一次咂了咂嘴唇，"那个所谓的'圣域'又是怎么回事？我听说那似乎也是他们的祖先建造的某种设施……"

"可以这么说吧。"特伦特点了点头，"根据我们的推测，'圣域'其实是类似仓库的地下储存设施，堆放着数以万计的记忆晶阵——那是古代奎因人用来储存信息的装置，其中的信息可以通过一种特制的信息读取设备转化成脑电波形式，直接'输入'浏览者的大脑。不过，我们迄今为止发现的所有信息读取设备，都与存放在'圣域'的晶阵不匹配，因此，我们无法判断其中到底储存着什么信息。一种较为普遍的看法是，这些被集中储存起来的记忆晶阵是损坏的废品，古代的奎因人将它们存放在那里是为了将来回收利用。不过，这些都仅仅是推测而已——奎因人从来不允许任何人触碰放在'圣域'里的晶阵，更不可能允许我们将它们带回去研究。"

"照这么说，"罗南语带讥讽地问道，"你的意思是，那些家伙一天到晚顶礼膜拜的'圣域'，不过是一个可笑的、毫无意义的垃圾堆放场？"

"特派员先生，我希望您在谈判时不要发表类似的言论。"韩碧冷冷地说道，"奎因人相信，存放在'圣域'的那些记忆晶阵里栖息着他们远祖的灵魂，因此他们对'圣域'有着近乎狂热的尊崇，任何被他们认为是玷污圣域的行为都有可能引发严重的流血冲突，如果——"

"尊崇？我看恐怕是畏惧吧……"罗南发出一声阴沉的冷笑，"对缺乏理性思维能力的原始人而言，崇拜往往源自趋利避害的本能，源自惧怕而非热爱——他们惧怕无法控制的自然力，惧怕无法预测的命运，当然，更惧怕他们的头脑想象出来的危险。源于畏惧的崇拜是最普遍的，但同样也是最脆弱的：一旦人们不再害怕某种事物，对它的崇拜就会随之消失。"

"你这话是什么意思？"拉尔夫·特伦特皱起了眉。

罗南没有回答这个问题。

四

　　光，充满了戴达罗斯 α 行星赤道地区最大的死火山——新奥林匹斯峰中空的山腹，在这里，没有人能够找出真正的光源：充斥于这里的光线并非来自灯具、火焰或者其他发光体，亦非完全来自由布满绿色植被的火山口射入的阳光，更不是从火山已经凝固的岩浆通道表面或者人们脚下的火成岩地面上发出的。作为这颗行星上最负盛名的景观之一，无穷无尽的光子从山腹内恒定而源源不断地凭空涌出，像水一样溢满这处巨大的地下空间里的每一个最微小的角落，让所有置身此地的人都沐浴在恒常永在、无始无终而又永远无法被遮蔽的温暖光芒之中。这里没有黑暗，没有阴影，没有寒冷，更不存在与黑暗和寒冷伴生的恐惧——早在文明的孩提时代，这种恐惧就已经深深烙入了作为昼行性动物的人类的 DNA 中。

在周遭奇观的映衬下，奎因侍圣者们居住的村庄看上去愈发显得粗陋不堪，活像一堆脏兮兮的微缩建筑模型。几十座由粗糙打磨的火山岩垒砌而成的、没有房顶的矮小石屋，就是这个村子几乎全部的"不动产"。这里没有奎因人的村落中常见的畜栏和菜园，也看不到散养的小型家禽和家畜——侍圣者由来自不同血缘氏族的志愿者组成。他们自愿奉献终生守卫"圣域"，一切衣食用度全靠自己的氏族接济。

在村子中央，一圈低矮的石墙圈出了一块面积与一座标准游泳池差不多大小的圆形空地。这片空地上堆放着数以万计的瓦蓝色棱柱体，每根棱柱都有半个成年人高，直径与成人手掌长度相仿，有着一模一样的正六边形截面，像蜂巢里的蜂房一样整整齐齐地排列在一起——这就是侍圣者们自愿终生守护的"圣域"，他们眼中远祖灵魂的寄居之所。

当罗南一行沿着一条似乎是自然形成的通道进入新奥林匹斯峰的山腹时，奎因人早已派出了他们的欢迎队伍：两百名侍圣者在村外排成了一列。这些自愿终生守护"圣域"的本地土著，个头最矮的也有两米以上，装备着一尺来宽的小圆盾和一头镶嵌着黑曜石锋刃的大头棒，像接受检阅的士兵一样整整齐齐地列成两队，要不是在不到一百米外就站着十二名由电磁突击步枪武装起来的、负责保护殖民部特派员安全的陆战队员，这番阵势看上去倒还颇有几分威慑力。

在这支石器时代水平的卫队簇拥下出场的，是代言者勃克。这位活了九十五个地球年的老者已经上了年纪，皮肤像脱水的梅子干一样干枯皱缩，脊背和肩窝上的鬃毛也已经变成了枯树叶般毫无光泽的棕灰色。他的腰间围着一条用塑料编织袋和晾干的动物神经缝成的缠腰布，脚上穿着一双女式厚底高跟鞋，鞋尖上还缀着一颗明晃晃的假钻石——向奎因人赠送用玻璃或者塑料制成的假宝石制品已经成为游客们的一种习惯。对某些游客而言，这么做有双重好处：既能以低廉的代价博得对方的好感，也可以让自己在这些"愚蠢的原始人"面前享受到某种智力上的优越感，就像用塑料香蕉逗弄被关在笼子里的猴子一样。

这就是一切问题的根源之所在。韩碧摇了摇头。大多数人都把戴达罗斯α行星当成了一座动物园，奎因人则是动物园里最聪明、最有趣的那群动物——对他们而言，奎因人存在的价值就是供他们参观。他们傲慢地扔给动物一点残羹冷炙，然后就认为动物们应该为他们的仁慈而感恩戴德。

"向您致敬，诸代言者之首。"韩碧用一种低沉的、听上去就像一连串混在一起的喘息与口哨声的语言对那位老者说道。奎因人的发音器官与人类的声带有很大差异，他们语言中的大部分词汇都位于人类发音器官无法发出的次声波段。现在，韩碧说的这句问候语是少数几句人类能够不借助翻译仪器就直接说出的奎因语之一。"我们带着诚意来到此地，"她改用英语说道，"这位是——"

"我是邦联殖民部的特派员罗南。"罗南毫不客气地打断了她的话，同时用轻蔑的目光扫视着面前的奎因人，仿佛打量一群正在腌臜地方找食的野猫，"这么说，你就是奎因人的谈判代表？"

"你可以这么认为，特派员。"代言者用沙哑的声音答道。由于发音器官的差异，奎因人虽然能讲人类所使用的任何一种语言，但说话时的声音听上去就像是得了重感冒似的，让人很不舒服，"我是代言者，我所说的话，你可以认为是我的全体血亲所说的。"

"很好，"罗南说道，"你知道邦联殖民部为什么派我来这里吗？"

"不知道。"

"我奉命与你们进行交涉，就最近发生的流血事件展开谈判。"罗南的语气显得很不耐烦，"据我所知，在一个月前——也就是你们这里的十九天前，你们的人在离这里两千米外的一处溪谷中，谋杀了十四名无辜的游客……"

"但这件事已经结束了，我们已经支付了赔偿。"勃克的灰色嘴唇愤怒地颤抖着，"你的要求毫无意义，自相矛盾，我们无法理解。"

"少跟我来这一套！"罗南吼道，"你知道我在说什么——我代表邦联当局要求你们作出保证，类似于那样的流血事件永远不能再度发生！你们的人永远不能再对那些不会对你们造成任何威胁的没有任何武装的游客发动无端攻击！能听懂我的话吗？"

"不能。"勃克回答得非常干脆，"你的话仍然自相矛盾，难以理解——我们从来没有、也不可能进行无端的攻击，因为没有任何行为是可以'无端'进行的。当我们有所行动时，必然要先有一个明确的目的作为其前提与动机。"

罗南恼怒地回头看了一眼正在努力掩饰嘴角露出笑意的韩碧和特伦特，仿佛是他们教这位奎因人这么说的。"我没兴趣和你继续玩这种无聊的哲学游戏，你这个……"他咳嗽了两声，没有把后半截话说出来，"好吧，我希望你先解释一下，为什么没有任何武装的游客可以让你们产生追击并杀害他们的动机？就因为他们试图未经许可拍摄你们的'圣域'？"

"因为他们的所作所为对我们构成了巨大的威胁。"勃克说道，"他们的那种东西——"他用细长的手指比画了一个球形，显然指的是摄影记者们常用的蜂式智能摄像机，"像那样的东西是不能接近'圣域'的，它会唤醒栖居其中的永世长眠者，这是绝不能允许的。"

"永世长眠者？你指的是你们祖先的灵魂？"

"是的。"

"你们真的相信你们祖先的灵魂就储存在这些……东西里，而不是在别的地方？"罗南冷笑着问。

"确信无疑。"勃克回答。

"那么，你们见过那些灵魂，或者曾经与它们沟通过吗？"

"没有。"

"也就是说，你们其实并没有证据能够证明你们祖先的灵魂就待在你们所谓的'圣域'里？更没有证据可以证明如果被……打扰的话，你们祖先的灵魂就会来找你们的麻烦，对吗？"

"我们不需要证据，"代言者答道。不知为何，他的语气中流露出了一丝慌乱："你何必去证明那些你已经知道的东西？"

"可笑！"罗南冷笑着摇了摇头。接着，这位殖民部特派员突然做出了一个让在场的所有人都始料未及的举动——他粗暴地推开了挡在面前的几名代言者，大步穿过位于村子中央的小广场，朝着被矮墙围起来的"圣域"走去。

两名守在墙边的侍圣者举起了短矛和大头棒，试图阻止这个胆敢在众目睽睽之下接近"圣域"的地球人。但罗南只花了不到五秒钟就解决了他们——特派员首先冲向从左侧攻来的对手，在闪过朝他刺来的短矛的同时，以一种与他的臃肿身躯完全不相称的敏捷身手连续踢中了对方的胸部和喉咙，紧接着，他旋身躲开了从身后呼啸而来的木棍，反手抓住第二名侍圣者的双肩，将这个奎因人重重地摔了出去。

"住手！该死的，住手！"拉尔夫·特伦特大声喊道，韩碧愤怒地尖叫起来。负责保护罗南安全的陆战队员则爆发出一阵喝彩声，而在场的奎因人却纷纷发出了震惊的怒吼。罗南没有理会这些从身后传来的声音，他径直翻过那道矮墙，踏进了奎因人眼中神圣不可侵犯的"圣域"。接着，他来到那些如同蜂房般紧紧排列着的瓦蓝色晶体旁，用双手握住其中一个，像亚瑟王拔出石中剑一样缓缓地将它抽了出来。

"不——"韩碧喊道。

"看看这个！你们这些被迷信与恐惧蒙蔽了双眼的家伙！在无知的黑暗角落中裹足不前的蠢材！"罗南像举起奖杯的冠军一样，将那根晶体高高地举过头顶，"看看这个吧！你们这群蜷缩在蒙昧迷雾中的不幸者！这里面根本没有什么灵魂，更没有什么危险：它们只不过是你们祖先的造物，是由一群与你们一样的人制造出来的东西，仅此而已！"

"该死的！你知道你在干什么吗？"韩碧恼怒地问道。

"我当然知道我在干什么，博士！"罗南说道，"我在帮助这些可怜的人，帮助他们摆脱这种源自无理性的恐惧与盲目崇拜。这一切必须结束！也只有这样，他们才能放弃这些愚蠢的、毫无意义的禁忌，我们才能避免下一次流血事件！我要让他们亲眼看到，这里根本就不存在什么永世长眠者，也没有什么蛰伏的鬼魂，只有——"

一支标枪在空中划过一道弯曲的抛物线，擦着罗南的帽檐飞了过去，燧石枪尖在地面上敲出了一簇金色的火花。紧接着，另外几个奎因人也将标枪举过头顶，准备投掷——

但他们没能成功。

随着一串电磁步枪开火时特有的短促"嗖嗖"声，负责保卫罗南的精锐陆战队员已经抢先开火击中了这些奎因人。高速飞行的钛合金穿甲弹头像撕裂纸片般撕碎皮肉，切断骨头，眨眼之间就将他们变成了地面上面目模糊的血肉残块。

"住手！住手！"特伦特愤怒地大喊着，但他的呼喊没有起到任何作用。在他身边，一场一边倒的战斗正以残酷且高效率迅速进行着——陆战队员迅速聚拢呈半圆形阵势，将罗南和两名科学家护在身后，同时向每一个敢于闯入二十米内——这是标枪和投石索的最大有效杀伤距离——的目标倾泻子弹。

愤怒的奎因人在电磁突击步枪的密集火力下像被割倒的麦子般纷纷倒地。他们富含铜元素的鲜绿色血液从被撕裂的血管中喷出，像一丛丛藤蔓植物般在地面上流淌。

接着，这场屠杀戛然而止。

"你们有五分钟时间，"勃克的声音仍然一如既往地干涩嘶哑，但却增添了几分不容妥协的威严。他遍布皱纹的灰色手掌中握着一把用动物甲壳打磨成的短刀，刀刃正紧紧地贴在另一个人柔软的颈动脉上。"放下圣物，留下那个人做人质。"他伸手指向拉尔夫·特伦特，"其他人离开这里，否则她就得死。"

"照他说的做！"虽然正被一把刀子抵着喉咙，但韩碧的声音中却没有丝毫恐惧。在刚才的一片混乱中，没人注意到她是何时离开负责保护她的陆战队员的视线，又是如何落到奎因人手里的。

"相信我，他们真的会动手的！"韩碧高声叫喊。

罗南极不情愿地将高举着的记忆晶体放回了原位，黑色的小眼睛里闪烁着恼怒的光芒。"我们会回来的。"在一番权衡考虑之后，他丢下了一句话，带着他那群武装到牙齿的保镖离开了。只有被指定作为人质留下的拉尔夫·特伦特还留在原地。

"我相信他这话是认真的。"当最后一名陆战队员从视野中消失后，特伦特无奈地耸了耸肩，"所以，我真心希望你们知道接下来该怎么办。"

五

夜深了。

在新奥林匹斯峰的山腹内，昼夜的变化几乎无从察觉。每时每刻都充斥在这里的柔和光芒将时间永远地定格在了正午。唯一能让人们意识到夜幕降临的只有位于"圣域"上方的椭圆形火山口处露出的那一小块夜空——现在，戴达罗斯星的光芒已经彻底暗淡下去，越来越多的星辰正出现在渐渐由橙黄色转为青灰色，然后又变成一片深不见底的黑色的天穹上。

"你觉得那家伙现在在干什么？"拉尔夫·特伦特端着一杯刚刚烧好的白开水，在韩碧身边坐了下来。后者现在正坐在"圣域"

周围的一截矮墙上，抬头仰望着点缀在黑天鹅绒般的夜幕上的群星，"我知道你是故意成为奎因人的人质的，但这么做只是让罗南那家伙得到了更多对奎因人采取强硬措施的口实。说不定，他现在正忙着通过星际通信网向邦联殖民部发送报告，告诉当官的那些野蛮的奎因人是如何背信弃义地对前去谈判的代表团发动袭击，又是如何卑鄙无耻地绑架了两位手无寸铁的科学家……"

"我倒巴不得他这么干，"韩碧干巴巴地说道，"至少殖民部的行事作风一贯谨慎，如果他们知道了奎因人手里握着两名人质，肯定会在第一时间指示他们的特派员不得轻举妄动。我现在怕的是那家伙搞个先斩后奏……"

"什么？"

"按照《殖民地特殊状态处置法》，在紧急状况下，殖民部特派员有权派遣随行的安全部队或者殖民地民兵执行低强度军事任务，而不需要事先获得殖民部的批准。"韩碧叹了口气，"比如营救人质……"

"营救？我敢拿我的教授头衔打赌，他那号人才不会关心我们是死是活呢！"特伦特摇了摇头。

"所以，他才更有可能这么做。"韩碧说道，"想想看吧，你真以为罗南今天下午的行为不过是心血来潮？不，他从一开始就不相信奎因人会答应他的条件。所谓的谈判不过是个幌子——他真正的目的是毁掉奎因人的信仰。我从一开始就很清楚这一点。"

"呃？"

"你对罗南这个人了解多少，拉尔夫？"韩碧问道，"你知道他是提升派的主要支持者之一，而且还是其中最积极的一个吗？"

"呃？"特伦特依旧是一脸茫然的表情，"提升派？"

"要是你愿意多花点儿时间看看新闻，而不是一天到晚宅在实验室里，我想你就不会问这种问题了。"韩碧有些不悦地说道，"那些'提升派'，他们相信，帮助那些落后种族达到'更高的文明层次'，是先进种族命定的义务。在最近几年里，这帮人在殖民部的影响力一直在上升，把罗南中校派到戴达罗斯 α 行星就是他们最新的一步棋——如果他们能通过事实证明自己的理论的话，公众对他们的支持肯定会大幅度上升。我想罗南大概以为，只要能终止奎因人对'圣域'的崇拜，就能让他们脱离蒙昧状态，主动拥抱'文明'。"

"那他肯定……"特伦特摇了摇头，"有人来了。"

是勃克。

奎因人的代言者看上去相当疲惫，本就凌乱的灰白色毛发现在已经变成了绒毛球似的一团，爬行动物般的黄眼睛里闪烁着犹疑不决的神色。他缓慢地叩着两排细小的槽牙——在奎因人的面部表情中，这是犹豫的表现。"我有……东西要给你们看。"他吞吞吐吐地说道，"跟我来。"

在勃克的带领下，两人离开侍圣者的村庄，来到了不远处的一个天然岩洞中。这个岩洞的空间相当狭窄，光线也比外面要昏暗得多。洞内的地面上摆放着几张草垫和一些盆盆罐罐，还有几只用植物纤维编织而成的大草篮。勃克默不作声地在这些篮子旁徘徊了一阵，似乎正在犹豫是否应该把那东西拿出来。但他终于下定决心，打开了最大的那只篮子，从里面取出了两样东西。

尽管这两样东西都包着褐色的动物毛皮，但特伦特和韩碧还是凭着外形认出了它们，第一件东西是一个标准的六棱柱体，显然是古代奎因人留下的众多记忆晶体之一；而另一件东西则是一个被镂空的圆柱，直径比勃克拿出的那个六棱柱体要略微大一点儿，显然，这应该就是与记忆晶阵配套的信息读取设备了。

"你们带了……那个吗？"勃克解开包裹在两件东西上的毛皮，将记忆晶阵插进了读取设备的六边形孔洞里。片刻之后，晶阵表面的瓦蓝色变成了晶莹的冰蓝色——这意味，它储存的信息正以奎因人的脑电波形式被正常读出。

"我这里有一套。"特伦特点了点头，从大氅的衣袋里取出了一套与20世纪末曾经一度流行的"随身听"有些类似的设备。这套俗称"翻译机"的装备是戴达罗斯α星人文与自然科学研究所的诸多小发明之一，它唯一的用处就是将奎因人的脑电波"翻译"成人类的脑电波形式，从而让研究人员能够正常使用古代奎因人留下的那些数据读取设备。特伦特迅速将这套翻译机的设置检查了一遍，重新设定了几个工作参数，然后将它递给了韩碧。

"不，"勃克突然说道，"她不行，你来。"

"我？"特伦特不解地看了勃克一眼，但还是照他说的将翻译机的"耳机"贴在了自己的前额上，然后拉过一把三角凳坐了下来。

短短几分钟过后，他脸上疑惑的神色逐渐转化成了强烈的惊讶，接着，这种惊讶又变成了喜悦。

"是的！"特伦特突然大喊了一声，把韩碧吓了一跳，"是的！罗南是对的。那不是尊崇，是畏惧！这就说得通了……"他关掉了翻译机，"他是对的！该死的，罗南是对的！"

"你说什么？"韩碧几乎不敢相信自己的耳朵，"谁是对的？"

"罗南。你还记得他在来这儿的路上对我们说的那些话吗？"拉尔夫·特伦特的神情看上去相当复杂，他褐色的眼睛里既闪烁着兴奋的光芒，也潜藏着隐约的担忧与不安，"他当时对我们说，奎因人对'圣域'的崇拜很可能源自畏惧而非热爱。他们之所以派人对'圣域'严加看守，是因为他们害怕……"

"害怕？"

"没错，他们相信自己祖先的灵魂就栖息在那些存放于'圣域'中的记忆晶阵中。"特伦特语气激动地说道，"我们以前一直以为那只不过是个传说，但……但那是真的！呃……我是说，如果这件记忆晶体里的资料属实的话，那'圣域'里就确实储存着奎因人祖先的灵魂！"

"你在开玩笑。"韩碧一脸难以置信地说道，"这世界上怎么可能存在灵魂这种东西？也许是哪个奎因人无意间把哪块'圣域'里的记忆晶体插进了匹配的读取设备里，结果听到了自己祖先的声音。所以，他们就以为……"

"你难道忘了吗？"特伦特连连摇头，"存放在'圣域'的所有记忆晶体都无法与我们迄今为止所找到的任何型号的数据读取设备匹配！"

"对……"

"况且从理论上讲，假如我们将'灵魂'定义为'脱离躯体的个体意识'的话，那么它并非不可能独立存在——我刚才所接触到的古奎因人科技资料就已经向我证明了这一点。"特伦特继续说道，"在各种解释意识产生原因的理论中，有一种理论认为，意识是脑组织内电离电子的量子叠加态作用的产物，如果这一理论成立，那么我们就可以解释计算机的问题了……"

"什么计算机？"韩碧听糊涂了。

"你忘了？戴达罗斯 α 行星的古文明是迄今为止发现的所有古代地外文明中唯一拥有成熟的量子计算机技术的文明。在文明崩溃时，他们的大多数科技产品都毫发无损，但量子计算机却全都瘫痪了。"特伦特解释道，"我们一直不明白这两件事间有什么关系，但按照这套记忆晶体中的记录，古代奎因人的物理学家已经发现，宇宙的基本物理法则每隔数百万到上千万年就会发生短暂的变化——他们将这种变化称为宇宙的'脉动'。在每次'脉动'过程中，物质的量子叠加态将不能稳定地存在。换言之，每当这样的'脉动'发生，宇宙中的文明就会被全部毁灭，然后一切都只能从头再来。"

"难道就没有办法阻止这种事吗？"韩碧问道，"一切自然现象都可以被利用或者改造，在过去的上百亿年里，怎么可能没有任何文明找出阻止'脉动'的办法？"

"因为'脉动'问题事实上不可解——古代奎因人曾经就这一问题进行过长期研究，但他们得出的结论是：计算出解决这一问题所需方法的时间远远超出两次'脉动'间的最长时间间隔，因此，他们把这称为'脉动困境'。"特伦特激动地深吸了一口气，"这就是费米悖论的真正答案：之所以没有更先进的外星文明拜访地球，是因为我们就是最先进的——至少是最先进的之一！在大约八万年前，人类就获得了意识……"

"但是——"

"我知道你要说什么，"特伦特说道，"从进化角度上讲，人类这个物种已经存在了几十万年，或许是几百万年——这取决于你是否将早期直立人与南方古猿也算入'人'的范畴。但人类拥有真正意义上的思维能力，也就是我们所谓的'意识'或者'智慧'，是在六万到八万年前的事。没错，在那之前，人类也具有社会性，能够制造工具，但这都是出自本能的行为，与蜜蜂筑巢、海狸筑坝没有什么区别。直到最近一次'脉动'结束后，人类社会才因为某次随机量子事件而产生了意识，从而开始了真正意义上的进步。而与此同时，那些比人类先进的智慧种族都已经因为'脉动'过程中物理规则的变化而丧失了意识，退化成了依照本能行动的动物。"

"但这说不通啊，"韩碧摇了摇头，"在原有文明崩溃后，并不是所有智慧物种都退化成了动物，还有少数物种仍然保留着起码的智慧——比如奎因人。"

"这'说不通'的地方就是关键所在，"特伦特挥了挥手，"奎因人并没有'保留'他们的智慧，他们——怎么回事？"

"来了！"一名年轻的代言者学徒掀开盖住岩洞入口的皮帘子，跌跌撞撞地冲了进来。他没有按规矩向勃克行礼，灰色的角质脸颊涨成了淡紫色——这是奎因人在感到极度恐惧时的表现，"他们来了！"

"什么来了？"韩碧问道。

"是那个人，"年轻人改用英语说道，"他回来了，带着很多人！"

六

这次奇袭进行得干净利落，堪称特战经典。

在夜幕的掩护下，一百名训练有素的陆战队员只花了不到一分钟，就穿过新奥林匹斯峰的火山口索降到了奎因人的村落中央。

在大量催泪弹和闪光手雷的双重夹击下，那些毫无防备的、昏头昏脑的奎因人甚至还没弄明白到底发生了什么事，就已经被从天而降的陆战队员解除武装，戴上了塑料手铐，然后像牲口一样驱赶到了村中的广场上。在整个行动中，总共有四名奎因人被打死，十几人受伤，而罗南这边的全部伤亡情况仅仅是一名在索降时不慎扭伤了脚踝的陆战队员。

"啊哈，你们来得可真是时候。"当韩碧、拉尔夫·特伦特与勃克赶到广场时，罗南的嘴角露出了一丝混合着嘲讽与得意的微笑，"看来你的奎因人朋友并没有伤害你和特伦特教授，这可着实是件令人宽慰的事情，韩博士。"

"该死的！"当看到罗南身后的陆战队员正在做的事时，韩碧不由得惊呼失声──如同蜂房般整齐排列在"圣域"中的上万支记忆晶体的表面已经被贴上了一层黏土般的黄褐色塑性炸药，几名陆战队员正忙着将一枚枚用于起爆的圆筒状引信插进这层塑性炸药里，"你这是干什么？你疯了吗？"

"疯？我当然没有疯，我很清楚我在干什么。"罗南站在那堵环绕着不可侵犯的"圣域"的矮墙前，带着睥睨的神态俯视着那些戴着塑料手铐、被陆战队员押到广场上的奎因人，活像是正在检视战俘的亚述国王。"他们，这些所谓的'侍圣者'才是真正的疯子──花费一生看守一堆毫无价值的垃圾，甚至不惜为此而滥杀无辜，这不是疯狂又是什么？作为一个文明人，我有权利，也有义务结束这种疯狂，让——"

"你是对的，中校。"拉尔夫·特伦特说道，"你是对的，勃克刚才向我提供了一些可靠的信息。奎因人对'圣域'的崇拜确实如你所说，是源自对其中潜藏的危险的恐惧。所以，我恳请你不要破坏存放在'圣域'中的任何东西。这么做相当危险，很可能会释放出那些奎因人一直极力避免……"

"恐怕我不这么认为，特伦特教授。"罗南轻轻地摇了摇头，"我们都知道，这些所谓的记忆晶阵不过是古代奎因人的信息储存设备而已，不是被所罗门封印的魔瓶，它们和我们使用的磁带与光盘没什么区别。而据我所知，如果我扯断一根磁带，或者踩碎一块旧硬盘，里面是不会有什么妖魔鬼怪冲出来把我的肠子掏出来的，对吧？"

"对，哦，不，你不知道……"特伦特的声音因为慌张而变得结巴起来，"这不像你想的那样……这里有一些装置，一些……别的装置。这是某种……故障保险系统或者类似的东西。你不能……"

"你这么做是违法的！中校！"韩碧厉声说道，"《殖民地土著智慧种族保护法》中有明确的规定，在没有获得殖民部批准的前提下，任何破坏土著居民宗教圣地、崇拜物或者——"

"我和你一样清楚那些规定，博士，但事后求取原谅总是比事先取得同意和批准要容易得多。"罗南耸了耸肩，"相信我，我的做法对所有人都是最好的。"

"现在，起爆！"

刹那间，仿佛有人在这座山洞中同时点燃了一万颗超新星，强烈但却毫无热度的冷光在瞬间淹没了这里的每一个人，剥夺了他们的视觉，将他们眼中的世界变成了一团光怪陆离、扭曲盘绕的斑驳色彩。

韩碧听到了无数的声音——其中一些是惊慌失措的陆战队员发出的尖叫，但更多的则是奎因人绝望的呐喊声。她感觉到有一些尖锐的物体碎片正以极高的速度四散飞溅，其中一些划过了她的脸颊。她感到疼痛，有很热的东西沿着脸颊流到了脖子上。

当韩碧的双眼终于不再因为刺痛而流泪时，她发现那些曾经整齐排列在"圣域"中的记忆晶阵已经变成了满地的蓝色碎片，就像是鸟类或者爬行动物所产的蛋孵化后留下的碎蛋壳。大多数陆战队员仍然三五成群地蹲坐在一起，用力揉着泪流不止的双眼，而那些被押到广场上、被迫观看这一幕的奎因人——包括勃克和他的学徒在内——则全都倒在了广场的玄武岩地面上，像母胎中的婴儿一样蜷缩成一团，只有微微起伏的胸腔表明他们仍然活着。

"这……是怎么回事？"罗南用衣袖抹着眼泪，不可置信地看着身边发生的一切，"这些……这些……他们都怎么了？"

"你刚刚杀了他们。"拉尔夫·特伦特面色死灰地说道，"或者说，你等于是杀了他们。"

"我……什么？"

"现在一切都清楚了。"特伦特摇了摇头，喃喃自语道，"这些所谓的'圣域'，是古代奎因人为了让他们的文明逃过所谓的'脉动'劫难而设下的最后保险——他们精确地预测出了最近一次'脉动'的发生时间，并在此之前从大脑中分离，或者至少是复制了自己的意识，并将它们保存在这些特制的记忆晶阵里。当'脉动'结束后，负责控制'圣域'的计算机系统会自动将这些处于储存状态的意识从晶阵里释放出来，并通过某种我们还无法了解的方式重新'植入'奎因人的大脑中。"

"但是，"韩碧问道，"既然储存在晶阵中的意识一直没有被……呃……释放，奎因人为什么仍然拥有智慧呢？"

"这和我们之所以拥有智慧是同一个道理。"特伦特答道。这时，几名奎因人已经开始轻微地颤抖了起来，透明的瞬膜后面的黄色瞳孔急剧地反复缩放着，"很显然，在'脉动'结束后，原本已经退化的奎因人又因为某场偶然的量子事件而再度获得了意识与智慧——正如八万年前地球上的早期智人那样，而这一事件同时也阻止了'圣域'的控制系统释放处于储存状态下的意识——我认为，古代奎因人很可能并不完全认同'脉动'理论和意识的量子叠加态本质理论，因此他们在设计'圣域'的控制系统时也赋予了它某些检测手段：假如奎因人真的在'脉动'中丧失了智慧，那么它就会照常运行，反之则会继续处于待机状态。"

"'脉动'?"罗南仍然是一脸迷茫,现在,更多的奎因人已经动了起来,看上去似乎随时就会醒来。

特伦特没有理睬他,"按照那套记忆晶阵里的记载,'圣域'的控制系统还附带有一套损坏管理机制。如果遭到严重的外力破坏,它将会自动实施意识再植入行动。后来,重新进化出文明的奎因人在机缘巧合下找到了勃克给我的那套记忆晶阵和信息读取装置,并摸索出了它的使用方法……"

"所以奎因人才对每一处'圣域'严加保护!"韩碧恍然大悟地点了点头,"他们之所以为了保护'圣域'而不惜杀人,是因为担心'圣域'遭到破坏后会将它所储存的意识,或者他们所说的'灵魂'释放出来——他们知道,一旦被祖先的'灵魂'占据自己的大脑,那他们就等于是死了。"

"不完全是这样。"一个沙哑的声音说道。勃克已经重新站了起来——尽管他还是那个毛发灰白、腰间围着塑料袋缠腰布、脚穿厚底高跟鞋的勃克,但即便是罗南也能注意到,他身上有什么地方已经变了,而这种变化令他不寒而栗。

站在罗南身边的几名陆战队员显然也感觉到了恐惧,并本能地举起了电磁突击步枪,但仅仅片刻之后,他们就在惊恐而痛苦的尖叫声中纷纷丢掉了自己的武器——这些杀人工具如同艺术品般精致的钛合金外壳在短短几秒内就从闪亮的银色变成了炙热的红色,然后又变成了如同熔融的黄金般的灿烂金色。最后,随着勃克举起一根布满灰色鳞片的手指，所有突击步枪都发出了令人牙酸的"嘶嘶"声，它们的轮廓开始融化、消失，最终遵循质能转换定律转化成了纯粹的能量，像溶入水中的盐一般消失在新奥林匹斯峰山腹内温暖的空气中。

接着，山腹内突然暗淡了下来，光线不再凭空涌出——至少在大部分地方是这样。光源现在集中在了村子中央的小广场上，而且似乎变得愈发明亮温暖了。在耀眼光辉的笼罩下，越来越多的奎因人正从昏迷中苏醒，宛如一群重生的神灵。

不，他们本来就是神灵。韩碧下意识地后退了几步。没错，对处于蒙昧状态的人而言，一切先进到无法理解的程度的科技都是魔法。而施行魔法的，自然是神。

"我被释放了。"勃克——或者说，那个在沉睡八万年后归来的"灵魂"——继续用标准的英语说道。这纯粹是个陈述句，听不出感激、愤懑、激动或者其他任何情感，"但与我预期的不一样，我现在和另一个意识相互重叠。我——他——我们……我们现在可以被视为一个完整意识。原计划出现了预料之外的误差，但结论仍然是正确的。"他不带感情、例行公事般地说完了这句话，接着就闭上了眼睑和瞬膜，似乎正在思考某个难以理解的深奥哲学问题，"我们现在还有最后一个环节需要完成。"

"最后一个环节？"罗南问道，"这是什么意思？"

勃克薄薄的嘴唇扭动了一下，似乎想要露出一个讥讽的笑容。

接着，他消失了。

其实，用"消失"这个词形容方才发生的一幕并不恰当，更贴切的说法应该是"蒸发"或者"升华"——构成他身体的物质在一阵沙哑的嘶鸣声中迅速崩溃、分解，眨眼间就化为乌有。接着，第二个、第三个……越来越多的奎因人站了起来，对他们微笑，然后一个接一个地像风中的灰烬般消失无踪，仿佛他们从来未曾存在过一样。

"他去了哪儿？他们到底去了哪儿？"罗南用力摇晃着韩碧的肩膀，仿佛要把她的胳膊整个从肩关节上卸下来，"他们到底要干什么？你是研究奎因人的专家，你肯定知道——"

"我研究的是现代奎因人的社会心理学，不是古奎因人的心理学。"韩碧摇了摇头，"现代奎因文明与古奎因人文明是两个完全独立、毫无瓜葛的文明。我无法通过对前者的任何理解来对后者加以推断。"

"也许我知道，"拉尔夫·特伦特语气急促地插话道，"如果我的推测没错的话，所谓的'最后一个环节'很可能正是——"

"不！"罗南的尖叫打断了特伦特的话。仿佛患上了某种可怕的传染病一样，他发现自己的身体就像那些正在"蒸发"的奎因人一样开始了由下而上的崩溃！

首先消失的是双脚，然后是腿部、骨盆和腰部。从血管断面中喷出的血液在刹那间就变成了苍白的雾气，肌肉蛋白、碳酸钙和角质蛋白像落入水中的固态金属钠一样尖叫着化为乌有。罗南甚至感觉不到疼痛——在代表疼痛的生物电信号被传到大脑之前，组成信号的自由电子就已经和承载它们的神经组织一同分崩离析了。

"是的，是的！"当这种毫无痛苦的毁灭发展到腰部时，拉尔夫·特伦特兴奋地喃喃自语道，"就是这样！我早该知道——"

他没能把这句话说完，因为他的肺部和气管在那之前就已经崩解成了无数亚原子微粒。黑暗像天鹅绒帷幕般从四面八方降下，裹挟着他残余的意识沉入了安宁静谧的深渊。

七

这颗行星不会存在多久了。

戴达罗斯 α 曾经是一颗生机勃勃的绿色行星，但它现在看上去更像是一颗融化了一大半的夹心软糖。原本覆盖行星表面的生物圈已经不复存在，橙黄色的岩浆与鲜红色的铁-镍物质不断从残存的地壳表面的裂缝与火山口中涌出，就像从伤口中流出的鲜血。以氮、氧和二氧化碳为主的大气正在迅速流失，而失去大气层保护的海洋则已经凝固成了冰蓝色的晶体。在行星的北面，大部分地壳和地幔物质已经不复存在，残余的星体物质正以肉眼可见的速度分裂、消失，仿佛正被一张无形的巨口逐渐吞噬。

一个直径不到十千米的银色球体悬浮在这颗垂死行星的伤口上方——不，它其实并不完全存在于这里。除了一层处于中子简并态的超高密度壳体之外，它的绝大部分物质都同时拥有近乎无穷个量子态，它既存在于这里，也存在于无数条它有可能存在的时间线上；构成它的每一个粒子既存在于球体内的三维空间中，但又不完全存在于此处。每分每秒，都会有更多被肢解成基本粒子的行星物质涌入这个空间，随后被转化成这个庞大的、容纳了数以百万计意识的量子系统的计算能力。

它是罗南，是韩碧，是拉尔夫·特伦特，是勃克，是罗南的精锐陆战队员，是居住在"圣域"的诸多侍圣者，是那些沉睡万年的"灵魂"，是每一个曾经生存在戴达罗斯α的智慧生命。它是两个文明涅槃后的伟大余烬，是一个可以近乎无限扩充计算能力与智能的有机体。它的存在只有一个目的：求解一个以其他方式永远不可能解出的问题。

"脉动"问题在理论上是可解的，但解出这个问题所需要的计算能力与智力远远超出了一切文明在两次"脉动"的间歇期中所能够达到的极限。在奎因文明的前世中，他们已经意识到了这一点，并制定了相应的对策——但它同样也清楚，即便如此，它所得到的也仅仅是一线希望，一点微妙的不确定性。这是一场从八万年前就已经拉开序幕的豪赌，而赌注则是这个宇宙中的每一个灵魂。这么做的胜率到底有多少？对这个问题，它完全无法给出答案。

当戴达罗斯α的内核终于暴露在宇宙空间中时，它停止了对这个问题的思考——它已经耽搁了整整八万年，现在，每一个量子比特对它而言都至关重要，不应浪费在这种无意义的问题上。它要做的只有扩张、计算，再扩张、再计算，直到这次间歇期在三百万个地球年后终结。

　　到那时，它会亲自去发现这个问题的答案。

时空捕手 / 刘维佳

时光长河中泛起的一抹爱与
死的血色浪花

风从谷口呼啸着卷来，将山谷里这条土路上的落叶和尘埃扬向空中。路边，泛黄的茅草在秋风中颤抖。天空中看不见太阳，泛着白光的浓厚云层布满天空，笼罩着这个冰冷的山谷。

看着眼前的这一切，贺小舟想起两句古诗："秋风萧瑟天气凉，草木摇落露为霜。"现在，他才真正领会了这两句诗所刻画的意境。一时间他比以往更喜爱这两句诗了。

当初，他是从女友慧慧那儿知道这两句诗的。慧慧十分喜爱古典文学，经常从古诗的海洋中挑选出自己喜爱的诗句念给他听。他在众多名句中一下子喜欢上了这两句，一个人独处时，经常反复地念个不停。但是不知为什么，他一直不能完完全全地领会诗中的意境。

哦，慧慧。贺小舟慢慢走到路边，在一块大石头上坐下，从怀中摸出一朵铂制小花，在手中把玩着。这是慧慧送给他的礼物。他和慧慧是在中学里认识的，当时他和她头一次见面，彼此，就有了一种奇妙的感觉，而这种感觉使他和她之间产生了一种距离。她和他都不敢和对方谈话，也不敢互开玩笑，只要一接触，两人就会脸红。就是这种感觉使他和她在彼此眼中与其他同学迥然不同。两人一直就这么保持着若即若离的状态。以后的几年中，命运分外开恩地一直没有拆散他们。在不断的接触中，他和她终于相爱了。他们爱得很深、很纯，真正全心全意地爱着对方。在做出每一次选择之前，他们总是先着想对方。

这朵铂花很花了慧慧的一部分积蓄，但她还是毫不犹豫地花了。

"这是在哪儿买的？"贺小舟回想着当初慧慧将这朵铂花放在他手上时的情景。

"我自己做的，"慧慧得意地说，"没想到吧？告诉你，我们家祖上可出过好几个著名的金匠，他们的手艺好着呢！不过，现在这种手艺用不上啦，我也只是学着玩玩而已，我做了两朵一模一样的，你一朵，我留一朵。怎么样，做得还好看吧？"

好看，贺小舟在心中念叨着。的确，虽然这朵铂花做工并不很精致，完全不能与机制工艺品相比，但在他眼中却是最美丽、最动人的，因为，这是慧慧亲手为他做的。每当他观赏它时，慧慧就带着她的微笑和她的吻出现在他的眼中，他就能感到温柔的爱意在心中荡漾。然而现在，他感到了深深的惆怅，因为他与自己所爱的人已相距二千六百多年的时光。

贺小舟是来自二十三世纪的时空捕手。他肩负着时空管理局的重要任务，跨越茫茫时空来到了公元前四百年的战国时代。这个世界不属于他，他也不属于这个世界，他所爱的一切都留在了二十三世纪。即便是他所喜爱的那两句诗的作者——三国时的魏文帝曹丕——也还有近六百年才会降生。一想到自己的所爱已与自己远隔两千多年，贺小舟就感到心中发慌，呼吸不畅。他抬头凝视天空，仿佛看到了慧慧的面容。她正穿越茫茫时空，向他送来甜美的微笑。

许久，贺小舟才怅然地收回目光，回想着自己受领任务时的那一刻。

"今天我们又监测到了一束异常能量波。"副局长向他介绍着情况，他的声音和他的面容一样死板。贺小舟总也不解，何以今天见到的同事几乎全都是不苟言笑的铁面人。"这表明又有人利用超时空输送装置回到了过去的时代。往昔世界任何一人的命运改变，都会或多或少地改变我们这个世界。这个道理从你一进局里就一直在重复，在这里我还要重复一遍。往昔世界不是那些落魄者的冒险乐园，必须有人阻止他们的疯狂行为！小舟，这次轮到你了。"副局长朝他点了点头，然后按动了办公桌上的一个按钮。他对面的墙壁立刻亮了起来，显出了一幅三维立体地图。副局长有些费力地站起身来，走到墙壁前面："小舟，你过来。"

贺小舟吸了一口气，迈动有些发僵的双腿走到了副局长身边。

"喏，那个偷渡者的位置坐标是在这里。从监测到的波束能量大小来判断，偷渡者只有一个人。其时间坐标是，公元前四〇〇年十一月十日下午两点整，你将与他同时到达这个时刻。不过，你知道的，两股波束距离太近就会发生干扰现象。为了你的安全起见，你的位置坐标定在这里，喏，这儿，看见了吗？这样你与他相距一段距离，不过，你不必主动去追寻他。那一带只有这么一条路，他必定得从这里过去。你就在这儿，这个山谷里阻击他。这次任务很简单，你不必混迹往昔世界的人群之中，因而也就不会有多大危险。你是头一次执行任务吧？这是个很好的锻炼的机会。记住，你在那条路上遇见的头一个人，很可能就是那个偷渡者，因为那一带人迹罕至。完成任务后，你就到这儿，在这个小山顶上等待我们将你弄回来，时间是四个小时之后。记住了吗？嗯，这是完成这次任务所必需的装备。"副局长指了指办公桌上的一个行军包，"这里有两份药，你出发前吃一份，回来之前再吃另一份。它是用来防止传输过程中的射线伤害的，千万要吃。好了，该说的就这么多了，其余的你在训练中想必都见识过了。去吧，去输送部吧！"说完，副局长疲惫地叹了一口气。

贺小舟默默地拿起行军包，向门口走去。他在门口停顿了一下，转过头去看着副局长。他很想和他说几句与工作无关的话告别，哪怕是在这个世界内部做"位置坐标移动"的人，临出发时心里也是很惆怅的，何况是一个"位置"和"时间"坐标都要改变的人呢？

贺小舟渴望听到一些暖心的话，哪怕一句也行。但看到副局长疲惫的样子，他终于咽下了已到喉头的话。

　　贺小舟站在电梯间一样的时空输送室里，看着室外操作员忙忙碌碌地做着最后的准备工作。药，他已经吃下，但还是担心。穿越时空是一件很复杂的事，稍有不慎就会铸成大错，他感到两腿有些发抖。毕竟，这是他头一次穿越时空。他按了按胸前内衣口袋里慧慧送的铂花，稍微感到踏实了一些。他现在很想见慧慧一面，但他知道这是不可能的。军令如山，没有时间儿女私情。可他实在抑制不住自己心中巨浪般的情感浪潮，他的眼睛湿润了。

　　一位穿着白色工作服、梳着马尾辫的女操作员向他走来。她启动了输送室的自动门。

　　这个自己所属的世界随着门板的移动而缩小。贺小舟竭力向门外望去，他看见那个女操作员正注视着他的脸。这时，他发现那女孩原本肃穆的脸上掠过一丝忧伤。"真漂亮啊！"门关上后，他不由自主地说道。那个女孩让他想起了慧慧，在这个封闭的狭小世界里，强烈的孤独感和愈来愈浓的恐惧使他对那个女孩产生了强烈的爱意。眼泪从他的眼眶中滚落下来，他还没有来得及擦拭，眼前就一片强光闪耀……

　　贺小舟将手中的铂花举到眼前，凝视着它。他现在不能原谅自己当时对慧慧的"不忠"。

　　慧慧是最美的，她比什么姑娘都强。他太熟悉慧慧了，他熟悉她的嘴唇，熟悉她的睫毛，熟悉她乌黑透亮的眸子，熟悉她的瀑布般的长发。她是最美的。贺小舟记起自己和她曾在碧蓝的大海中畅游，曾经在花丛中追逐嬉戏，曾经在银装素裹的花园里打雪仗，曾经在摩天大楼的天台上一同观赏美丽的街景，在晚风中相互倾诉衷肠……那些场面如电影画面一样在他的脑海中闪现。太美了，太完美了，让人无法相信那一切是真的。对了，也许根本就是一场梦。在梦中，慧慧就向仙女一样美丽动人，善解人意，但却可望而不可即。想到这儿，他怅然若失。

然后，铂花发出的光芒使他清醒了。那一切不是梦，而是真正发生过的。一点也不错，它们发生过，并在他的脑海里刻下了印记，这使他感到心里暖暖的。这种感觉愈发证明：他爱慧慧。

他不止一次设想过将来他和她共同生活的情景，那是一种令人激动和遐想联翩的迷人画面。但现在他却不敢设想了，因为，肩头的任务妨碍了他，待会儿他将要杀死一个人。

所有偷渡者都必须处死，这已经成为一条世界通行的法律。他们威胁的是整个世界。按照破坏世界安定和平以及反人类的罪名，他们必须被处以死刑！虽然整个社会不会谴责死刑的执行者，相反，他们还被尊为英雄，但贺小舟还是不能做到杀死一个人而心安理得。他无法确认在杀了人以后，自己以及自己的生活会发生什么变化，也不敢想象是否会妨碍对慧慧的爱。

贺小舟抬起头注视着山谷那一头，还是没有人出现。那些偷渡客都是些什么样的人？贺小舟寻思着。时空管理局上下一致认为，他们都是些一事无成的人。这些人在他们所属的世界中找不到发展的机会，于是冒险回到往昔世界中，以求干一番事业，不虚此生。仅仅一事无成就招来死亡，这似乎有些令人不能接受。直到现在仍没有人确认这些偷渡者是否真会使将来世界发生改变，但谁也不敢去证实。这个险不能冒，赌桌上的筹码太沉太重，谁也玩不起这个游戏。

蓦地，贺小舟听见了隐隐约约的脚步声，全身肌肉猛然收缩。他屏息仔细地听了几秒钟，突然转身隐入了路边比人还高的茅草丛中。

没多久，一个人就出现在贺小周的视野中。从服装打扮上肯定是分辨不出他是不是偷渡者的，有本事穿越时空的人，自然做好了可以彻底与他所要前往的时代的环境融为一体的准备，然而却瞒不过射线检测仪的检测。穿越时空的人身上会辐射出较强的放射线，眼下射线检测仪有了明显的反应。那么就是他了！行动吧！

就在那个偷渡客走到贺小舟的藏身之处的前面时，贺小舟鼓足全身的力气，猛虎一般地从茅草中飞蹿出来，一下子就把那偷渡客扑倒了。

那个偷渡客并不彪悍，两拳下去就基本上没有什么反抗动作了。贺小舟站起身，从容地摸出手枪指住他，然后连喘了几口大气，不是累的，完全是紧张造成的。不过，现在他轻松了，尽管心脏还在怦怦作响，但他已经感到了长跑过后休息时的那种舒服。贺小舟伸手在脸颊上摸了一把，一看，满手是被茅草划破脸皮流出的血，可脸上居然一点儿也不疼。他把手在衣襟上擦了擦，从衣袋里掏出精致的时空管理局的徽章。"给我起来！"他大声喝令着，"知道我是什么人吗？"他把徽章在那人眼前一晃。

"知道。"那人一边抹着嘴角的血迹，一边回答，一口纯正的普通话。一点儿没错，是个时空偷渡者。贺小舟又喘了一口气，他把枪口连续向上抬了抬，示意那人站起来。偷渡客吃力地从地上慢慢站起，贺小舟这才发现他的身材有些单薄，摇晃了几下后，终于站稳了。

贺小舟注意到他的手在发抖。

"知道就好。伙计，这一切只能怨你自己。你不属于这个时代，没有人可以超越他所属的时代。我，不能为此负责。"贺小舟一边机械地背诵着教官教授的语句，一边把手枪抬了起来，将枪口逼近偷渡者的左眼。他眯起双眼，深吸了一口气……

"等一等！请等一等！"偷渡客突然开了口，极度的恐惧使他的声音变了调，"我不能就这么死了。我耗尽了我的财产和我的勇气才来到这里，不能就这么死去。我请求你，让我看一看这里的人们和他们的生活，好吗？我就是为了他们而来的，没见他们一面就死我实在不甘心。你放心，我不会逃跑，我只想见他们一面。对于一个将死的人的最后一个心愿，你是不会打碎它的，对吗？"偷渡客直视着贺小舟的眼睛。

贺小舟觉得有些手软，搏击和鲜血所激起的野性如流水一般消失不见，他确实缺乏足够的勇气打碎这个人的心愿。偷渡客那单薄的身躯，发抖的双手，以及沙哑的嗓音，都让他不由自主地产生了同情。这种同情就如在风雪弥漫的冬夜走入一间充满暖气的房子一样，让人的全身软软的、暖暖的……他杀人的决心被动摇了。贺小舟硬撑着自己外表的冷漠，使出全力不让自己回避偷渡客的目光。他现在怎么也不敢立刻就扣动扳机。如果让偷渡客抱着遗憾死去的话，他贺小舟的灵魂会痛苦许久。答应他吧，一个声音对贺小舟说，满足他这一个请求，然后在他提出第二个请求之前杀了他。

"好吧。"贺小舟说，"拿起你的包袱。"他的声音仍是冷冰冰的。

偷渡客慢慢弯下腰拾起包袱，小心地拍去上面的尘土，背到肩上，转身迈开了步子。贺小舟在他的身后一米多远的地方紧紧盯着他，随着他前进。

贺小舟没有失去理智，他仔细考虑过了。在他使用射线检测仪检测之前，他就用 X 射线透视镜扫描过那个偷渡客了。他没有发现偷渡客藏有武器，因此不怕他玩什么花招。

而偷渡客在体力上也远逊于他，徒手格斗其结果会呈一边倒的态势。并且他的手枪上装有指纹识别装置，除了他以外没有人能打得响。贺小舟想不出还有什么危险，但他还是十分小心，目光须臾不离偷渡者的身躯。

半小时后，贺小舟押着那个偷渡客来到了山腰一块突出的悬崖上。他们早已离开那条土路，才踏上崎岖的山路来到这儿。

偷渡客走到悬崖的边缘，向下俯瞰着。贺小舟小心地站在他身后，盯着他，防备着他将自己推下悬崖的可能。在他们脚下，离他们不远的地方，公元前四百年的人们正在为了能在这个自己所属的时代活下去而劳作。

这是一个不小的村庄。村里成片的茅草房屋错落有致。在这些茅草房隔开的街道上，间或有神色疲惫而漠然的人走过，只有孩子们偶尔发出嬉闹的笑声。村东头的一口水井旁，一个人把头伸在水桶里大口喝着刚从井里打上来的凉水。村里修理农具的单调的叮当声打破了沉沉的死寂气氛。阴暗的小手工作坊里传出不绝于耳的纺织声，妇女们正在纺织粗糙的麻布，用它给自己的丈夫和孩子缝制寒衣。村外，已经收割后的田里稀稀拉拉地长着些野草，大风从枯黄的地上拂起黄尘。

看得出，这个时代的人生活得不怎么幸福。贺小舟把目光从山下收回，他对这个发现不感兴趣。每个时代都有其特定的生活方式，谁也不能超越时代。

偷渡客突然跪在了悬崖边上，他双手当胸合十，转过头来问贺小舟："你信佛吗？"

"不信。"贺小舟摇了摇头。

"我信。"偷渡客说。他低下头，开始闭目诵经。

他也许在超度自己的灵魂，贺小舟想，让他祈祷完吧，还有时间。贺小舟盘算着。就算祈祷、处刑、销毁尸体一共需用一个小时，也还有两个多小时的时间，完全可以赶到返回地点。伙计，好好祈祷吧。贺小舟这时还真希望能有佛祖和灵魂存在，那样的话，他也许就不会再为一个人将彻底从世界上消失而感到忧伤了。

"你知不知道我的名字？"偷渡客头也不回地问。

"不，我不知道，也不想知道。"贺小舟立刻回答，他的声音有些急促。是的，他害怕知道这个人的名字，他害怕知道了之后自己将来会忍不住去查看这个人的档案，了解他的情况。这样一来，他就会接触到这个人的人生，就会了解他的爱好、他的亲人、他的思想、他的眷恋、他的德行……这一切会深深刻入他贺小舟的大脑沟回中，使他无法忘却这个人，无法忘却是自己使这一切成了毫无意义的过去。有朝一日，所知的有关这个人的一切肯定会伴随着悔恨从他的心底喷出，吞噬他的灵魂。不，不能知道。对于时空捕手，忘性是第一重要的。

"我的生命是一片空白。"偷渡客似乎一心要与贺小舟作对，他自言自语地说起了自己的经历，"我的生活中充满了挫折与失败。我从小就对我们中华民族的传统文化十分着迷，这与我所受到的传统教育有直接的关系。长大后，我确实是沿着长辈们希冀的生活道路走的。我学的是中医，希望能靠它在社会上安身立命。但事实证明，我选择的是一条不合时代的路。我与时代格格不入，我在社会里找不到可以交流思想的人，甚至连谋生都很艰难。中医早已不是热门的行当了。我的医术并不特别高明，因此倒了许多霉。我热爱传统文化，但却没能找到一种方法将它们消化吸收，以适应现代的社会。这就是我失败的原因。我曾力图摆脱命运的控制，但是我的性格形成时期早已过去，我无法再为自己树立一套新的价值观，寻找到一条新的生活道路。我其实并不缺钱花，但我不愿依靠家族的遗产来过活。我要实现我自身存在的价值，我渴望能不断亲手医治好病人。但这个愿望在我们那个时代是不可能实现的，于是我耗尽了属于自己的那份遗产，来到了这儿。我知道，这儿的人需要我，我的医术可以在这里派上大用场，在这儿，我的生命将有意义，我不会再因空虚而伤心。"说到这儿，偷渡客转过头，盯住贺小舟，"看看这儿的人吧，看看他们的生活吧！他们的生活就如同秋风中的树叶一样，朝不保夕。这个村子里有不少人将连今年的冬天都熬不过去，而我可以使许多家庭免于破裂，可以使许多孩子免于夭折。我不能死！放过我吧，求求你了，放过我吧！"偷渡客凄声恳求着。

贺小舟避开他的双眼，低头抬腕看了一下表，然后用尽可能无动于衷的语气说："时间不多了，我再给你五分钟。伙计，回忆回忆我们那个时代令你留恋的东西吧！回忆一下你的生活中美好的一面，那样你会好受些。"

偷渡客于是慢慢转回头，又开始低声诵经。

贺小舟慢慢扣动扳机。他动作很轻、很慢、很小心，生怕让偷渡客听见了。他改变了主意，不能让这个人祈祷完。如果让他全身肌肉悚缩地感受到枪口顶住后脑勺的话，他会死得很痛苦，还是让他毫无心理准备地去天国吧，那样就不会有痛苦与恐怖了。

就这么定了，干吧！贺小舟猛地抬起手枪，像往日上射击训练课时一样，双手握枪，眯起眼睛，深吸一口气，憋住，扣动了扳机。

偷渡客的后脑勺在子弹的撞击下四分五裂。由于手枪上装有消音装置，头骨碎裂的声音清脆可闻。他的身躯像一段木桩一样摔在岩石上，其实在撞地之前他就已经死了。血从他身下流出，顺着石缝向下淌去，滴在山下的土地上。

贺小舟徐徐吐出肺叶里的空气，慢慢放低双臂，他感到双手僵得厉害。他费劲地收起手枪，使劲甩了甩双臂。他要让血液流得通快一些。片刻之后，他走到偷渡客的尸体旁，弯下腰，抓住他的双脚，把他拖到了距离悬崖边缘七八米的地方。然后，贺小舟捡起了偷渡客的包袱，他本想打开看看有些什么，但旋即又放弃了这个念头。包袱里无非是些灸条、银针类的医疗用品，看了让人伤心，不看也罢。贺小舟将包袱扔到偷渡客的尸体上，然后从行军包里掏出一个瓶子。这个瓶子里装着的是高能燃烧剂。贺小舟打开瓶塞，将里面那银色的粉末撒到偷渡客的尸体上面。撒完，他向后退了几步，从行军包里取出一小块引火剂，扔到了尸体上。

"呼"的一声，火燃烧了起来。特种燃烧剂燃烧时没有烟，火苗也不高，一点也不刺眼，但贺小舟仍不愿看这场面。他转过身，走到悬崖边，茫然地看着山下村庄里一群玩耍的孩子。

十分钟之后，贺小舟已经彻底感觉不到身后的热气了。他转过身，看到偷渡客的尸体已经消失，地上只剩下一些白灰，令人无法相信这就是那个偷渡客。他已经彻底从这个世界上消失了！贺小舟感到忧伤正在爬上自己的脸。他拂了拂身上的灰尘，小心地绕开那堆白灰，向约定地点走去。他没有再回头。

在山顶的岩石上坐定之后，贺小舟抬腕看了一下表，还有半个多小时。现在没事可干啦！贺小舟放眼四周。在山顶上，视野十分开阔，山峦和平原交错相间。不知道为什么，贺小舟觉得仿佛是自己生来头一次在山顶上观看山景，一时间他感慨万千。任务已经完成，可他却没有那种如释重负的感觉，相反，他感到心里难受得厉害，就像被盐酸腐蚀了一样，眼圈有些异样，就像出发前的那一刹那的感觉。

为什么不能把他弄回他出发的时代呢，就像现在我这样？贺小舟思忖着。我完全可以给他注射一针麻醉剂，把他背到这儿来。为什么不能给他一个机会？他是一个好人呀！

可是，把他抓回去，他的命运会是什么呢？肯定会被判刑，入狱。他已经没有了财产，也没有安身立命的机会，出狱后也只能靠领取救济金生活。像他那样的人，对这种生活能忍受得住吗？也许，让他死在这个他向往的时代，对他来说痛苦是最小的。这么一想，贺小舟才略感释然。

可是，这对我来说太痛苦了，贺小舟的心又缩紧了。慧慧，但愿今后我和你一起时还会发出由衷的开怀笑声，但愿这发生在两千六百多年前的噩梦不会在意想不到的时刻从我的心底跳出来，妨碍我们的爱情。

贺小舟在山顶的大风中坐了很久，当时间还剩六七分钟的时候，贺小舟从行军包里取出剩下的那一份用来防止辐射伤害的药物，吞了下去。但愿能有让我的心永保平静的药，服药时贺小舟的脑中闪过这么一个念头。

约莫过了一分钟，贺小舟突然感到好像有什么东西在胃里缓慢地阴燃，这种感觉片刻后就令他难受不已，他站起身来，抚摸着胃部，大口吸着冰冷的山风。他希望这只是杀人造成的心理不适而引起的生理反应。

然而，现实使贺小舟很快明白：自己失算了。不适感很快发展成了灼烧般的疼痛，贺小舟疼得跪倒在地上，大声地呻吟起来。

剧烈的疼痛使贺小舟将两手十指插入了泥土里，但是他的大脑并没有被疼痛干扰，它在飞速转动。蓦地，一个念头猛地在他的大脑中一闪，这个念头令他如同掉进了冰窟一般。尽管现在灼烧般的疼痛正在向全身扩散，他却禁不住发起抖来。巨大的恐慌夹杂着恶寒开始向他的全身放射。恐惧、惊慌、愤怒一齐向他的大脑涌来，令他的脑汁都沸腾了。贺小舟猛地站起身来，向山下跑去。

他跌跌撞撞地跑着，徒劳地试图摆脱体内那俱焚的剧痛。他跌了一个又一个跟头，但他仍竭力站起来不停地跑着，大声啜泣着。现在，他感觉到了足以致命的孤独感，他渴望在临死前能见到一个人。然而，不会有人的，他花了近两个小时才走到了这里，此地已远离了人烟。他再也跑不动了，站住脚，仰头对阴沉沉的天空发出了大声地喝问："这是为什么？我不想死啊！"就在这时，体内的药物向他发动了最后的总攻击。他的身体朝后一仰，弯成了一个大弧形。"慧慧！"随着最后这一声愤怒的巨吼，他整个人像一只巨大的火炬一样燃烧了，就如两个半小时以前的那个偷渡客一样。

十分钟后，大地上又多了一堆白灰，却少了一个人。秋风徐徐拂来，将白灰扬向永恒不灭的天空。一朵铂花从白灰中露了出来。它发出银白色的光芒，向整个世界显示着自己的存在。

风摇曳着树枝，将残存的枯叶抖落下来，刮向地面。

一片枯叶落在了倪慧的肩头。她轻轻将它拂下，顺便将风衣衣领竖了起来。秋风令人的身体和心灵都感到了寒意。十一月的阳光苍白而无力，无法带给人们温暖。倪慧将双臂抱在胸前，低头梦呓般轻声念着："秋风萧瑟天气凉，草木摇落露为霜。"

倪慧现在的心情是悲伤的，因为贺小舟走了。他离她而去了，永远地走出了她的生活，再也不回转了。

不，他其实从未真正走入过她的生活。直到今天，直到贺小舟站在时空输送室，她为他关上自动门之前，她都从未与他面对面地对视过。他以前一直只是通过电脑在与贺小舟交流。

贺小舟不是人，他只是一种用克隆技术培育出来的"人形生物"——时空管理局通用的术语就是这么称呼他们的。他们之所以会存在，是因为现在时空管理局还没有办法将送到往昔世界中的人和物体弄回来。除非将整套的超时空传输装置传送到往昔世界去，在那里建立输回基地。但时间和空间的领域是如此的广大，不可能聚集如此巨大的能量。所以，送到往昔世界的探测器，一旦完成了使命便要自动销毁，以免对历史造成干扰。不过，要想制止偷渡的人，呆板的机器人是难以胜任的，于是，他们这种时空捕手便应运而生了。在出发之前，他们都会吃一份药，无论他们先吃那两份药中的哪一种，都暂时不会有问题，而一旦吃下了第二份，两种药物便会在体内发生剧烈的反应，产生高热将服药者焚化。

这就是时空捕手蜉蝣般的生命。他们存在的使命只有一个，即消灭偷渡者。完成使命之后，他们自己也会随之毁灭，因为他们不属于任何一个时代，他们是一群出没于各个时代的幻影。

所有的时空捕手诞生时都是大脑空空如也的白痴，他们所有有关客观世界的记忆，都得依靠电脑输入到大脑中。对于输入的记忆，时空管理局制定有标准的软件，包括基本履历、家庭状况、日常生活以及学习工作时的情景、基本常识、必要的专业知识、格斗时使用武器的技能等。最重要的一条，就是对于使命的忠诚。这一条深植于他们的潜意识之中，以保证他们绝对不会背叛使命。

除了这种标准的记忆制式之外，时空管理局授权心理训导师们可以给他们输入一定的随机记忆，可以是家庭琐事、童年的玩耍情景、对某一运动或某种娱乐方式的迷恋。这么做的目的，就是要使他们相信自己是真正的人，不对自己的身份发生怀疑。因为时空捕手是用来完成相当复杂的任务的，他们执行任务时全得依靠自己的独立行动能力，因此不能太迟钝，得有足够的应变能力。而要提高其应变能力，就必须加大有关客观世界的信息的输入量。知道的东西多了，他们的思想也会复杂起来。为了不使他们对自己的身份发生怀疑，有必要输入许多关于有关生活细节的记忆。

倪慧是个刚踏出大学校门的小姑娘，思想单纯而富于幻想，对工作充满了热情。她无法理解为什么整个时空管理局笼罩在一片沉沉死气之中，无法理解为什么心理训导处的同事培训出的时空捕手都是一个模子里刻出来的。倪慧看过他们编制的程序，那里尽是些令人感到非常不愉快的事，甚至令人感到毛骨悚然。在他们影响之下成长起来的人，肯定是个心狠手辣、杀性极重的人。倪慧想不通他们为什么要这样塑造性格，她觉得那样很没意思。她不想和他们一样，她要自行其是。

贺小舟是倪慧的第一件正式"工作成果"。接受任务时，倪慧并没有太多的想法，她只是觉得这是个玩一次"爱情游戏"的好机会。倪慧从小到大一直迷恋着各色各样的爱情小说，她早盼望着能浪漫那么一回了。她兴趣盎然地精心塑造着她名下的那个克隆人的性格，就像在玩一个"养成型"电脑游戏一样。"贺小舟"是一本她十分欣赏的爱情小说中的男主角的名字，她移植给了那个时空捕手。她还以自己的形象为蓝本为他设计了几近完美的女友形象，将她取名为"慧慧"。她给贺小舟输入了一项又一项的指令，将他塑造成了痴情、害羞、单纯、执着、善良、正直、完美的纯情男孩……倪慧对这游戏乐此不疲，这样的男孩就是她心中理想的王子。她与他在电脑中度过了羞涩的、暗中相互倾慕的学生时代。

正式进入恋爱阶段后，她放开了手脚。她和他在碧蓝的大海中畅游，在花丛中追逐嬉戏，在银装素裹的花园中打雪仗，在摩天大楼的天台上观望美丽的街景，在晚风中相互倾诉衷肠，赠送铂花……她玩得兴致勃勃。完工期限到了之后，她也尽兴了，于是不再去想他。

然而今天，当她看着贺小舟站在时空输送室里时，她感受到了发自灵魂的震颤。她永远也忘不了他那充满留恋与柔情的忧伤眼神，她的心灵受到了剧烈的震动。当自动门关严之后，她意识到，这个人已再也不会与自己相见了，他永远地走出了自己的生活，不会再回转了。这一刻，她的心跳几乎令她喘不过气来。她这才明白，这个人在自己的生活中占有很大的分量。当她通过时空检测仪看到他在荒山上绝望地奔跑，向天空大声发出愤怒的喝问时，她心痛如绞，尤其是最后那一声"慧慧"，使她几乎昏倒了。

"慧慧！"这喊声似乎还在她的耳边回响，倪慧用双手捂住耳朵，使劲摇着头。同事们是对的，他们之所以要把时空捕手塑造成那种好杀成性的性格，是因为那样的生物不懂得爱，没有人性，专以杀人为乐，与禽兽无异，死不足惜。而她却忽视了这个使自己心灵保持平衡的诀窍。她现在很痛苦，很悲伤。

"我为什么要在乎他？为什么要悲伤？"倪慧大声对自己喊，"他不是人！他只是用技术培育出来的'人形生物'！只是维护历史正常秩序的工具！"然而她无法使自己相信这一点。贺小舟在与她共处的时候以及在执行任务中所体现出来的人性在向她表明，他是人，而且还是一个善良的好人。如果没有深植于潜意识中的使命感，他是不会杀死那个偷渡客的。倪慧深信这一点，因为她对贺小舟的性格了如指掌。贺小舟还是一个痴情的人，他对她的爱忠贞不贰。他这样的人不是为死亡而存在的。

可他死了，带着他的爱和那颗因无可奈何而感到悲伤的心死了。时代也需要他做出这样的牺牲，这是这个时代的悲剧，不是哪一个人的过错。时空管理局没有错，国家乃至整个世界都没有错，他们别无选择，他们只能那么做，没有人可以超越时代。

"你不能在乎他，你有你自己的生活。忘了他吧！"倪慧的心里大喊着，"他不存在，他只是一个幻影！他的爱也只是虚幻的游戏的产物！"她依靠在一棵树旁，紧抿着嘴唇，克制住不哭泣，然而眼泪却无声地从眼眶中滚落出来，顺着脸颊往下淌。

倪慧从衣袋里掏出那朵铂花，放到眼前仔细看着，小花发出很明亮的光芒。这朵铂花当时她并没有在意，只想让自己的爱情游戏多一件道具而已。但现在，这朵铂花已变得重若千金。

倪慧明白了，她之所以感到悲伤，感到痛苦，她的心中之所以有灼烧般的难受感觉，就是因为有爱与人性的存在。以前，她目送过许多时空捕手前往往昔世界，亲眼看着他们一个个被时代旋涡所吞没，从未有什么感觉，但贺小舟明显与他们不同，他身上凝结的爱与人性使她无法忘却他。贺小舟不是蜉蝣，不是！但以前的时代不是那些落魄者的冒险乐园，必须有人阻止他们的疯狂行为！小舟的死使他的生命力在经历二千六百余年的岁月之后还在一个人的心中激荡。

倪慧双膝着地跪了下来，双手合十地将铂花合在掌中。她不信佛教，不会诵经，但她能为贺小舟的灵魂祈祷。是的，他有灵魂。倪慧现在发誓要永远牢记贺小舟这个人，牢记他的灵魂，他的爱，他的吻，他的一言一行、一颦一笑，还有他喜爱的诗句……

二人谋事 / 索何夫

智慧有时也会成为一种毒药

三人不能守密，二人谋事一人当殉。

——东亚古谚

一

当表示"安全带未插好"的红色警示灯亮起之后，苏珊娜·塞尔准尉松开了已经被焐得发烫的操纵杆，像猫一样将双臂抵在面前两尺外的风挡上，在穿梭机狭窄的驾驶室里伸了个长长的懒腰。尽管从理论上讲，这是严重违反驾驶规定的，但在眼下，至少有两个理由允许她这么做：首先，对任何一位在这个容积不到 20 立方米的罐头盒子里与 3 个散发着难闻气味的男人一起待了整整 30 个标准小时，而且一直在不眠不休地驾驶穿梭机的女性而言，暂时的放松是极其必要的；其次，就她所知，那些有权查阅她的驾驶记录的人已经不会再因为这点儿小问题而扣除她飞行执照上的点数，或者因为"涉嫌危险驾驶"而把她扔进基地的禁闭室了。

因为他们全都死了。

仅仅在几天之前，死亡对苏珊娜而言还是一个陌生而抽象的概念：虽然她已经在被公认为死亡率最高的邦联太空军舰艇部队服役了整整 9 年 7 个月，但在这段时间里，她的名字总共只从运输司令部的名单上消失过短短 8 个星期——那还是因为训练司令部的人手因为一次交通事故而出现了暂时性短缺，才让她临时去指导那帮初出茅庐的菜鸟怎么操作地面模拟器。在其他时间里，她的工作岗位一直在交通艇、运输机与穿梭机上来回跳转，与那些可能危及生命的暴动、冲突与动乱之间隔着的距离远得可以用光年来计。

但是，在最近的几个月里，那种她熟悉的、规律但却平淡无趣的生活已经一去不复返了——自从奉调来到这颗编号为 MG77581A3 的类木行星后，她首先见证了大自然那毫无理性的恐怖暴力，随后又有幸成为那些以往只存在于流言与传说中的壮丽奇观的目击者。而在那之后，她又目睹了另一种更加令人不寒而栗的暴力——来自她的同类、试图置她与其他无辜的人于死地的暴力。也正是因为这种暴力，她才不得不开始履行另一项使命：在这个危机四伏的风暴世界中为那些死难者寻求正义。

当穿梭机的碰撞警告系统又一次发出一连串凄厉的哀鸣时，

苏珊娜以最快的速度将手放回到操纵杆上，同时下意识地将眼角的余光投向机翼下波涛汹涌的黄褐色云海。万幸的是，引力场探测器提供的全息模拟图表明，这一次的危险来自上方——那不过是又一块被这颗行星强大的引力从围绕它的环带中扯下来的硅酸盐碎块，纯粹遵循着牛顿三定律而运动，它们没有意识，更没有恶意。

——但仍然足以致命。

在匆匆瞥了一眼机载计算机估测出的目标运动轨迹后，苏珊娜立即灵活地拉动辅助操纵杆，开始驾轻就熟地调整起拖曳着穿梭机的两面充气风帆间的夹角。经过近半年的练习，她现在已经能像控制自己的身体一样，熟练地操纵这种最初由追求刺激与冒险的"追风者"所设计、专门用来在类木行星大气层中飞行的特制穿梭机了。正如她预料中的那样，仅仅几秒钟后，灰色的碎块就悄无声息地掠过穿梭机的右舷，拖着一条炫目的等离子尾羽径直在数百千米下的氨冰云层中钻出一条狭长的隧道。五光十色的电光仿佛灵动的游蛇般蹿过云团的表面，然后在尾焰的残迹周围纷纷炸裂、消散，宛如昔日地球上盛大节日庆典中施放的绚丽焰火。

"准备收帆，在两分钟内把时速降低到450千米以下。"就在由那块陨石最后的残迹被重新聚拢起来形成的云层被彻底抹去的同时，坐在副驾驶座上的男人用低沉的嗓音对苏珊娜说道。他的声音干涩而沙哑，就像在重压下碎裂的枯叶。霜雪般的鬓发与干枯如羊皮纸般的皮肤再清晰不过地表明了他的年龄。尽管从理论上讲，他对穿梭机上的另外三人并没有直接指挥权，但在这一小群幸存者中，没有人会质疑他的权威——这种权威一半是属于富有经验长者的天然特权，而另一半则缘于他所拥有的知识与能力，以及他的同伴们对他的信任。"我们离他已经不远了。"他说。

"老天有眼！我们马上就能抓住那个浑蛋了！"还没等苏珊娜开口，坐在后排座位上的一名乘客已经情不自禁地吼出声来。这个长着一张粗犷大众脸的男人只是镍星基地的一名普通警卫，对最近发生的一切都知之甚少。他现在所想的仅仅是为那些不幸的同伴讨回公道——但这已经足够了，"到时候我一定要——"

"别急，"老人摆了摆手，"请允许我解释一下，我刚才说的'不远'，只是平面距离而已。如果我没弄错的话，他很可能和我们并不在同一高度上。"说罢，他那双蜡黄色的眼睛转向了苏珊娜，"准尉，预热 1 到 4 号主推进器。我们要到下面去了。"

"下面?！"这个看似平平无奇的词就像一根尖锐的冰针，戳得苏珊娜不由自主地打了个寒战：在她脚下，无穷无尽的冰冻云团正在气态行星那种特有的永不休止的飓风驱策下狂暴地相互盘绕撞击着，含硫的云层碎屑如同炼狱群魔伸向天空的爪子，不断从划过云海的闪电之间探出。"下面多远?"她问。

"不超过 80 千米，在液氢海面以上。那儿可能有点儿小风，不过我认为应该没什么大碍。"

"80 千米？！可我们的机体强度——"

"至少比'无惧号'要好。"老人挥手打断了她的话，"既然他能下得去，我们当然也能。"他对苏珊娜露出一个勉强可以算是微笑的表情，"相信我。"

"当然。"苏珊娜叹了口气，开始从充气风帆中抽出填充在高密度薄膜内的惰性气体，银光闪闪的风帆迅速皱缩成两个连在细长绳索尽头的小球，然后被收进了位于机首两侧的舱室中。事到如今，他们已经成了一堆过河卒子，唯一的道路只有继续向前……同时祈祷能在这趟旅程的尽头找到正义。"我相信你。"她说。

穿梭机身子一沉，像扑向水面的翠鸟一般冲入张牙舞爪的云层之中。

二

就像许多类似的故事一样，这个故事开始于一个微不足道的小小光点，由一套微不足道的监控系统投射在一幅微不足道的二维平面图顶端的一个微不足道的角落之中。

一开始，这个小点出现在行星晨线的北极点附近，从北极圈逐渐向南移动，一路上与其他的小点逐一会合、共同行动，就像一个在雪地中越滚越大的雪球。当这个"雪球"最终抵达行星的赤道时，它的体量已经膨胀到了镍星基地的执勤人员无法将其忽视的地步。于是，在这一天凌晨（当然，基地里的"天"是与旧地球而非这颗类木行星的"天"同步的。毕竟，除了真正的饭桶之外，没人愿意每过 6.5 个小时就吃一顿晚餐），当苏珊娜·塞尔准尉从标准睡眠程序中被唤醒时，她惊讶地发现，自己醒来的时间比预设时刻早了整整两个小时，而且她的视网膜读出装置上也多出了一份任务简报。

在不情不愿地爬出睡眠舱后，苏珊娜用了 10 分钟时间阅读任务简报、打理个人事务并进行飞行器的必要准备，而等待乘客登上停在航空港内的"好奇号"——它是镍星上的八架穿梭机中最新也最结实的一架——并将它从双层气密闸门里开出去，则花掉了几乎 2 倍于此的时间。在跃出气闸的一刻，一股强烈的上升气流如同传说中北海巨妖的爪子般紧紧地攥住了"好奇号"，险些在这架穿梭机开启引擎之前就将它砸碎在镍星坑坑洼洼的灰色表面上。值得庆幸的是，经过一番挣扎之后，苏珊娜最终成功地让她的宝贝穿梭机摆脱了那只无形的巨手，开始沿着导航系统自动规划的航线盘旋下降。

"注意到了吗，准尉？"就在苏珊娜专心致志地操纵穿梭机躲开一处危险的湍流时，这架航天器上唯一的乘客突然开口问道，"这次任务的路线与以前的不太一样。"

"嗯，没错。"苏珊娜心不在焉地答道，同时略微调整了一下机翼的迎角，以便降低穿梭机下降的速度。在大多数时候，她的乘客们通常都不怎么和她说话，仿佛她不过是一台套着人类外壳的自动驾驶仪，但这一位却有些不同：作为镍星研究基地的主任，吕锡安教授一直以健谈和性格开朗而著称。这位有着东方血统的天体物理学家可以报出基地里近百名工作人员中每一个人的名字，并与其中至少三分之一的人都结下了某种程度的友谊。尽管这个数字看上去并不算惊人，但相对于他那些一心扑在研究课题上的同事而言，这已经是个不折不扣的奇迹了。"我们的目标离基地太近了，我现在都还能用肉眼看到它的影子。"苏珊娜说。

"的确，"吕锡安下意识地挠了挠下巴上稀疏的白色胡茬儿，"这还是我们的观察对象头一次大量集中在离行星赤道这么近的地方。按照过去的观察记录，它们通常不会越过南北纬16度25分——也就是行星的南北回归线，这也是我们当初选择镍星作为基地的主要原因之一：在赤道上空设立基地可以最大限度地远离我们的观察对象，从而将对它们日常活动的干扰降到最低。"

太空军准尉点了点头，没有答话。尽管在邦联科学院的不动产清单上，镍星基地一直被算在"空间站"那一栏下，但事实上，这座科研基地的外观与人类所建造过的任何一座空间站都截然不同：如果将镍星基地的全息影像与主要物理学参数摆在一个不明就里的天文学系毕业生面前，那么他多半会指出，这颗看上去活像是一个被烤焦的马铃薯的小天体是一颗典型的、环绕类木行星环带内侧运转的周界卫星，有着极不规则的外形和紧贴行星大气层的低矮轨道。在被告知它的化学成分之后，这位毕业生或许还会做出进一步推断：这颗卫星极有可能是一颗类似于水星的类地天体被行星引潮力撕裂后残留的固态铁镍核心碎片之一，并且正沿着一条螺旋形轨道无可避免地坠向它所绕转的行星表面——就像它那些早已踏上这条不归路的同胞兄弟一样。当然，事实也的确如此。

不过，与 MG77581A3 拥有的其他几十颗卫星不同的是，镍星上存在着生命——在这颗最大直径不足 2000 米的小卫星内部，龙造寺建筑株式会社的施工队挖掘出了超过 12 万立方米的空间，并为这些空间安装了高强度混凝土内壁、废物回收系统、空气循环系统与能够维持平均 0.9G 重力的重力场发生装置，而阿纳斯塔修斯精密仪器有限公司则为基地提供了绝大多数研究设备与通信装置。在这颗小卫星上，定居着超过四十名科研人员和同等数量的后勤人员，外加一个班的警卫、他们的三只宠物猫和一名邦联行政官——后者存在的唯一意义是宣示这里是邦联的神圣领土。只不过，邦联对这里的主权不可能维持多久：由于轨道过度接近行星表面，镍星很可能会在未来的一到两个世纪内最终给它所绕转的行星一个致命的拥抱，当然，这颗卫星上的居民现在暂时还不怎么担心这个。

由于类木行星通常被认为"缺乏研究价值"，邦联科学院极少向这类天体派遣科考人员，更遑论派人长期驻扎了，但 MG77581A3

却是个彻头彻尾的例外：10 年前，一名曾在邦联军队服役的生态学家若望·罗孚特教授在考察类木行星大气表层的硅基微生物群落时，偶然来到了这颗尚未命名的类木行星，随即发现了一个惊人的事实：因为某种不为人知的原因，那些看似漫无目的地游荡在这颗行星表面的气旋——至少是它们中的一部分——竟然拥有某种可以称得上是意识的东西。这些气旋能够通过改变自身各部位的电位差与物质密度，有目的地进行运动，能够对主要以无线电与微波信号为主的外界刺激做出有条理的反应，甚至还表现出了某种程度上的逻辑能力！尽管罗孚特教授本人在不久之后就不幸死于一场事故，但他的发现已经引起了邦联科学院的兴趣，并最终促成了镍星基地的建立。

　　"目标已经进入肉眼可见范围。"当一系列硕大无朋的阴影宛如传说中的擎天巨柱般从地平线上慢慢浮现时，苏珊娜又例行公事地检查了一遍仪表读数——大多数现代航天器都采用更方便的人机互联操作，甚至是纯人工智能控制，但这架穿梭机是军方提供的，因此它的操纵系统在本质上仍然与它那些活跃于 20 世纪末的鼻祖颇为相似。按照设计师的说法，之所以采用这种设计，是因为传统操作界面更加"可靠"，能够"将意外受损导致事故的概率降到最低"。但苏珊娜怀疑，这更可能只是因为那些家伙的脑子仍然停留在 5 个世纪前的缘故。"雷达扫描结果与同步卫星传来的航拍图像完全吻合，目标总数为 171 个，包括 119 个 C 级、39 个 B 级、

10 个 A 级和 3 个 A+ 级，运动方向全部是东南偏南，速度 40 节上下。"

"看来今天是钓大鱼的日子。"吕锡安轻描淡写地评论道，"重力场探测器启动了吗？"

"计算机正在生成读数……！"当几行闪烁的数字从那台古董级的显示屏上跳出时，苏珊娜下意识地咽下了一口唾沫，"教授，目标的平均质量……有些不太正常。"

"的确，"在盯着显示屏看了几秒钟后，吕锡安点了点头，"纯粹的氢、氨冰和甲烷的密度绝不会这么大……选定一个目标，生成精细密度图像。"

"好的。"苏珊娜修长的手指像弹琴般在操作屏上来回跳动了几秒，"成了！这就是离我们最近的目标的密度影像。"她指了指副驾驶席前的一块显示屏。在狭窄的屏幕上，一道巨大的、不断运动着的旋涡状物体足足占据了三分之二的空间，看上去活像是某种有生命的后现代主义雕塑。就像人类体温图一样，这道气旋的不同位置按照密度差异分别以不同的颜色标出：构成它"躯体"绝大部分的都是海水般的湛蓝色，间或夹杂着少量的草绿与淡黄色，但在接近其顶端的地方，一块代表高密度区域的显眼红色就像阴燃的煤炭般闪烁着，而且正以极快的速度来回移动着。"我不知道这是怎么回事，教授，"苏珊娜的语气中带上了一丝惊慌，"但我从没见过这样的情况！这根本不像是自然的——"

"这当然不是自然现象。"吕锡安朝着穿梭机的风挡伸出了一只鸟爪子般枯瘦的手，"看仔细了，准尉。"

"该死的，又是那个混账小子！"当苏珊娜沿着吕锡安手指的方向重新抬起视线时，一抹混合着好几种不同情绪的酡红立即出现在了她的脸颊上：在离那座巨型气旋只有咫尺之遥的地方，一个轻巧的银色身影正敏捷地在气旋边缘搅起的碎云间来回穿梭，就像一只逗弄着巨龙的飞鸟。与她驾驶的"好奇号"一样，这架穿梭机也有着经过强化、适合在高密度大气中飞行的倒"V"形机翼，但它的体积更小一些，而且没有打开充气风帆——显然是担心被卷入狂暴的风暴之中。早在多年以前，镍星基地的人们就已经发现，这颗行星上的风暴似乎有着一种摧毁它们所遇到的任何人造设备的倾向，尽管用于直接勘探工作的一线穿梭机现在都已经安装了被称为"隐形斗篷"的防护设备，但接近到如此近的距离仍是近乎自杀的举动。

"嘿，史蒂夫！"苏珊娜打开了一个通信频道，"今天没有你的飞行任务，你跑下来搞什么鬼？！喂！该死的，你听得到吗？"

"史蒂夫先生不在这儿，准尉，"一个细声细气、听上去似乎有些没精打采的男子声音从扬声器里传了出来，"'无惧号'上现在只有我一个人。"

"洛佩斯博士？！"在听到这个声音的一刹那，苏珊娜下意识地挑起了细长的眉毛。奥古斯特·米格尔·洛佩斯博士是镍星基地里最重要的科研人员之一，而且恰好也是他们中唯一一个拥有穿梭机驾驶资格的人。就苏珊娜所知，这位沉默寡言、不善交际的科学家对独来独往有着一种特殊的爱好，而且从不注意他人的感受——她自己就曾经不止一次因为洛佩斯不打招呼就擅自开走"好奇号"而与他发生过争执，"你来干什么？"

"很抱歉，我不认为我有义务向一个没有接受过必要的专业训练的人解释我的具体研究活动。很明显，即便我做出解释，你也未必能够理解。"洛佩斯的声音仍然软绵绵的，但却带上了几分令人厌恶的自以为是的味道。与此同时，那个银色的影子突然从环绕气旋的盘旋飞行中猛然冲出，如同一支离弦之箭直奔云霄，"我想我应该回基地去了，代我向吕锡安教授问好，准尉。通信完毕。"

"你这该——"苏珊娜下意识地张了张嘴，想趁着结束通信之前再为对方送上几句"祝福"。但就在这时，另一件事却吸引了她全部的注意力：她原本以为，刚才重力探测器上出现的反常高密度区域不过是"无惧号"穿梭机的存在所造成的干扰，但事实却并非如此——在"无惧号"离开仅仅几秒钟后，那个高密度区域又一次出现了，虽然比刚才看上去小了一些，却也更不规则，但这个物体的体积和总质量仍然颇为惊人，更重要的是，在短短几秒钟后，它突然开始沿着气旋的内缘螺旋上升，就像一枚被火药燃气推动的枪弹，骤然冲上了云霄！

"这……这怎么可能?!"透过嵌有防辐射隔层的气泡式座舱壁,苏珊娜目瞪口呆地注视着那个在转瞬之后就已经没入铺满天穹的暗色调云层中的小点——虽然只是短短的一瞥,但她的经验使她在第一时间就意识到了那到底是什么:在过去 9 年中,她曾经无数次在行星系内的例行飞行中见到过这种东西。无论在哪个行星系中,这些天体家族中的小字辈看上去都是一个样子:不规则、坑坑洼洼、色调阴暗,一副灰头土脸的蠢模样。

这是一颗小行星,一颗陨石,一个由数千吨——也许是上万吨——硅酸盐、水冰与金属构成的丑陋混合体。它被 MG77581A3 的重力井捕获,然后又落入这些"有头脑"的气旋手中,而现在却又被重新抛向了它们来时的方向。

仿佛听到了某种号令一样,就在这道气旋将陨石掷出后不久,它的同伴们也争先恐后地开始了行动——把它们肚子里的"存货"抛向了空中。这场怪异的烟火庆典持续了差不多 10 分钟,数百颗体积大同小异、外形千差万别的硅酸盐碎块在彤云密布的天穹下划出一道道近乎相同的轨迹,朝着同一个方向奔去。

虽然苏珊娜并没有让机载计算机测算这些丑陋的大石头的轨道,但她相当清楚,它们的目的地只可能是一个地方。

"噢,不,"苏珊娜听到自己喃喃自语道,"这下我们麻烦大了……"

三

情况比预想的还要糟糕。

尽管作为一颗被撕裂的大型卫星残块，镍星在理论上与那些围绕恒星运转的普通小行星没有任何不同之处，但任何人——只要他的观察能力还没差到不可救药的程度——都能轻而易举地分辨出二者之间的差别：由于"年龄"不大，再加上外侧的行星环带已经吸收了大多数不安定分子，镍星的表面并没有"真正"的小行星特有的那种由撞击形成的坑洼和裂痕，至少就苏珊娜看来，这颗周界卫星看上去更像是地球上那些被冰川切削下来的碎石，分明的棱角和光滑坚固的表面透着一种特有的几何美感。

不幸的是，这一切现在已经成了过去时——当苏珊娜提心吊胆地驾着"好奇号"穿过破损严重的外部气闸，驶进位于装卸区外侧的航空港时，所见到的一切充分证明了她在归途中的担心绝非杞人忧天：那群该死的气旋以一种足以令人类战争史上任何一名防空部队指挥官都为之惊叹的准头狠狠地打击了这座悬浮在大气层边缘的科研基地，至少有两颗直径超过 50 米的石块命中了航空港出口处的装甲气闸，在将近半米厚的强化装甲板上留下了两处几乎一模一样的巨大凹痕；另一颗更大些的陨石则光顾了基地上方的远距离通信塔，使这座建筑物从它原来所在的位置上干净利落地蒸发掉了。除此之外，苏珊娜还数出了至少一打陨石撞击后留下的痕迹，它们的狂轰滥炸扫荡了镍星差不多四分之一的地表，放射状的陨石坑中央仍然闪烁着明灭不定的暗红色幽光，就像一只只隐藏在阴影中的不怀好意的眼睛。

"我们总共遭到了二十二次撞击！"半个小时后，当苏珊娜和吕锡安脱下散发着不良气味的飞行服，坐进基地的会议室里时，镍星上的首席工程师长谷川宽秀用这个令人不安的统计数字替代了惯常的寒暄，"基地的对外通信已经瘫痪，两台在基地表面工作的维护机器人被毁，外部气闸受损。除此之外，由于撞击导致的震动和星体变形，基地内部的设施也遭到了一定程度的破坏，我们失去了三分之一的能源，各处管线与通道都发生了故障，在 B2、B4 两个区检测到轻微辐射泄漏，三条维护通道因为闸门变形而不能开启。更糟的是，我们缺乏必要的设备与物资来修复这些损伤——我早就说过，为了节约空间而把维修备件仓库放在外面，实在是个馊主意。"

"幸运的是，人员伤亡不大。"基地的医官接过了话头。像往常一样，这个长着一张长马脸的男人保持着无动于衷的神色，仿佛他汇报的是另一颗天体上的伤亡情况，"我们只有四个人受伤，其中一个人重伤，但没有生命——"

"行了。"吕锡安挥了挥手，打断了对方的话，"我现在只想知道，基地是否有可能恢复通信能力？我们的研究目标在今天表现出了与以往截然不同的行为模式——它们不但在使用工具，而且表现出了拟订计划并组织集体行动的能力。这一发现将完全改写我们之前做出的大多数研究结论，同时也意味着我们必须重新考虑眼下的处境。"他意味深长地将目光投向一个又一个与会者——如果这次仓促的集会也能算是场会议的话，"但无论我们打算做什么，远距离通信能力都是至关重要的。"

"恐怕不行。"在短暂的沉默后，总工程师深深地吸了口气，仿佛要靠这种办法将他矮胖的身躯里的勇气集聚起来似的，"毁掉主通信塔的那次撞击释放出的能量超过了 1000 吨 TNT 当量，整个建筑结构都被汽化掉了，要修复它的唯一办法，只有重新再造一个。"他停顿了一会儿，"当然，穿梭机上的超空间通信系统也能派上用场，但它们的抗干扰能力有限，要进行长距离通信，必须先离开行星的洛希极限以避免重力场干扰。"

"那需要好几天时间才行。"苏珊娜插话道，"难道没有别的办法吗？"

"功率较小的备用通信塔也许还有可能修复，我们可以用它联系新特奥蒂瓦坎殖民区的救援飞船。我们可以利用现有的设备自行制造必需的部件，只要再花上 50 个标准时……"

"请原谅我打扰一下，恐怕我们已经没有 50 个标准时可以浪费了……"还没等总工程师把话说完，一名个子矮小、有着焦糖般的深色皮肤和一头深褐色短发的男子突然走进了会议室。

"此话怎讲，洛佩斯博士？"一名科学家问道。

"各位，如果基地的损害评估系统提供的数据没错的话，我们现在还剩下不到 18 个标准时。严格来说，是 17 小时 44 分钟，误差不超过 ±300 秒。"洛佩斯将语速刻意放得很慢，似乎是要确定每个人都能听明白这句话，"计算显示，刚才的撞击已经改变了镍星的轨道，它将在 10 个标准时后由行星外层大气进入大气中层的水冰和氨冰云层，由此增加的阻力会进一步加速它的下坠。到 16 个标准时后，镍星会进入压力超过三十标准大气压的内部大气层。此时的气压差和摩擦产生的巨大热量会使基地内的任何逃生设施——无论是穿梭机还是火箭式逃生舱——都无法使用。"

随之而来的沉默持续了足足半分钟，所有人的目光都在其他人身上来回移动着，似乎正在就由谁说出那个不得不说的事实而进行一场无声的投票。最后，坐在会议桌首位的吕锡安开口了："没有挽救的办法吗？"

"就目前的情况而言，没有。"在盯着天花板看了几秒钟之后，长谷川宽秀低下头去，将视线转向了自己的双脚。

"既然这样，"吕锡安点了点头，"我提议启动紧急撤离程序。出于安全起见，所有人必须在 12 小时后登上穿梭机，随后在同步卫星轨道上等待科学院派来的补给船队——按照计划，他们下周二就能抵达这里，穿梭机能够携带的补给应该足以让我们生存到那个时候。还有谁有异议吗？"

没有异议，但也没有人立即表示赞同，哀伤的气氛就像驱之不去的无形浓雾，沉重地压在会议室的每一个角落中。这哀伤并不仅仅源于对基地本身的感情，更是因为他们即将付出的代价——在座的所有人都清楚，放弃镍星对他们的研究工作将造成何等重大的甚至是无法弥补的损失，但却没有一个人能够否定这冷酷的事实。

最后，所有人都很不情愿地举起了手，向可憎的命运承认了自己的失败，只有几名基地警卫露出了一丝释然的神色。接着，所有人都匆忙地走向了会议室的出口，希望能在这剩下的最后半天时间里尽可能地让他们不得不付出的代价略微减小一些。

接着，苏珊娜也站了起来。

当人群中的大多数都已经离开会议室后，她突然抢上一步，拦在了走在队伍末尾的那人面前。"我有几个小问题得请教您，洛佩斯博士。"苏珊娜看似不经意地抬起一只胳膊，撑住了一侧门框——同时也"恰好"挡住了对方离开会议室的路。

"尽管问吧。"洛佩斯耸了耸肩。在这个梅斯蒂索人遗传自卡斯蒂利亚先祖的高鼻梁上方，那对印第安人的黑色小眼睛中既没有透露出半点儿惊慌，也看不出恐惧或者心虚的痕迹。他只是将粗短的双手交叉在胸前，好整以暇地等待着对方的提问。

"我希望您能明确告诉我，今天上午，当'好奇号'执行观测任务时，您到底在干些什么？"苏珊娜字斟句酌地问道，不给对方留下任何可以故意曲解的漏洞，"如果我没记错的话，'无惧号'穿梭机当时并没有得到起飞许可。"

"哦，我不得不承认……怎么说呢？你说得确实没错，准尉。"洛佩斯的嘴角弯曲了一下，似乎苏珊娜问的是一个愚蠢至极的问题，"但别忘了，有些机会稍纵即逝，为了避免白白贻误时机，在某些情况下打破规则是必要的。"

"但'好奇号'当时正在执行相同的任务，而所有穿梭机上的科研设备都是按照相同标准配置的，"苏珊娜立即指出，"换句话说，您所需要的数据我们都会为您带回来的。"

"我自有这么做的理由。"

"能解释一下吗？"

"我会尽量试试的。"年轻的梅斯蒂索人露出一丝讥讽的神色，"我相信你也注意到了，这些气旋今天的活动十分反常：在平时，它们的行为模式更类似于老虎或者大白鲨这样的独行掠食者，几乎从来不会集体行动，更没有表现出任何能够实施有组织行动的征兆，而这与它们两个小时前的所作所为——组成一支拥有数百个体的队伍，有组织、有计划地摧毁预定目标——格格不入。虽然我对它们这么做的动机一无所知，但毋庸置疑的是，做出这样的行为，必须通过持续不断的沟通以实现协调，而这恰好属于我的专业范围。"

没错，那确实是你的专业。苏珊娜咬了咬嘴唇，没有说话。

在十年前的最初几次接触中，若望·罗孚特教授就已经发现，由于不像正常生物一样拥有感觉器官，这颗行星上的气旋依靠接收周围的温度差与无线电脉冲——偶尔也包含一小部分微波的波段——来感知周边环境，或者在相互之间进行一定程度上的沟通与互动。而使得镍星基地的研究得以进行下去的"隐形斗篷"技术正是基于这一原理发明的：由于 MG77581A3 上的气旋对一切人造设备都有着原因不明的强烈攻击倾向，要想接近它们，唯一的办法就是通过安装在穿梭机上的无线电欺骗装置将自己伪装成它们的同类，而发明并负责改进这套设备的人正是米格尔·洛佩斯。

"当然，你完全有理由质疑我的做法。"洛佩斯继续说道，"没错，我的行动没有得到执行委员会的授权，但我必须这么做。众所周知，我们过去很少拦截到这些气旋之间的通信信号，有时一整年也只能截获几十个 KB，对于一个显然具有比大猩猩甚至南方古猿更高智力的社会性智慧群落而言，这样的信息量明显是少得过分了——而造成这种情况的原因很简单，那就是我们过于保守的研究策略！就像人类之间的沟通更多是靠悄声细语而不是大喊大嚷一样，这些气旋之间的大多数交流都是依靠低功率信号进行的，要接收这些信号，你就必须凑到它们身边才行。"他举起右手，比画了一个"靠近"的手势，"当然，我并不是在质疑执委会制定的安全守则的合理性：由于对研究目标相互间的交流模式缺乏了解，'隐形斗篷'目前还很不完善——我们可以远远地伪装成打招呼的陌生人，但要是凑得太近，遇上了仔细盘问，那可就得露馅儿了。正因如此，执委会才专门通过决议，禁止一切穿梭机接近到距气旋五千米之内的地方。"

"没错。"苏珊娜说。

"但这么一来，我们在确保安全的同时也束缚了自己的手脚——我刚才查过'好奇号'的记录，你们在40分钟里录下了多少有意义的通信？只有不到两千比特！"洛佩斯的声音陡然升高了八度，"也许这么做确实避免了潜在的风险，但从科学的角度来看，这却不啻最恶劣的犯罪！我在一个小时的冒险行动中截获的信息是我们过去10年中全部收获的20倍以上！一旦我们的研究工作恢复正常，我就可以——"

"你的意思是，你当时只是在接收信号？"苏珊娜追问道。虽然她的理智告诉她，洛佩斯的解释相当有力、完全符合逻辑，但她总觉得有什么地方不对劲——这种感觉就像是品尝一杯跑了气儿的可乐，虽然味道没多少问题，但就是有什么地方不对劲，"没干别的？"

"当然。"洛佩斯答道，随后他又补充了一句，"要是不相信我的话，你为什么不去看看'无惧号'的飞行记录？"

"记录是可以伪造的，而你有能力——"

"够了！"一直坐在会议桌旁的吕锡安挥了挥手。他的声音虽然不大，但却带着一种不容忤逆的权威，"我已经检查过了洛佩斯教授截获的信息和航行记录，那里面没有任何问题，继续在这种话题上浪费时间是毫无意义的。"他的语气略微舒缓了一点，"准尉，我认为你有些疲劳过度了，最好去睡眠舱休息几个小时——这是命令。"

"遵命，先生。"苏珊娜不情不愿地放下胳膊，让洛佩斯离开了会议室，在擦肩而过的一刹，她似乎隐约看到了梅斯蒂索人那双棕色小眼睛里闪过的阴暗笑意——这也许只是她的幻觉，也许不是。"我这就去。"她说。

四

毁灭的脚步声正在朝这里逼近。

就像走向绞架的刽子手一样，这声音的频率并不快，也算不上响亮，但却令人无法忽略。厚重的气密门能够有效地封堵住空气这一声音传播的主要介质，但当它本身也开始在无法抵御的强大力量面前颤抖时，这种可怜的封锁就失去了意义。很快，保护着苏珊娜的住舱的气密门就被撕裂了，跳动的橙色火焰在门口的裂缝中闪烁了片刻，旋即寂然无声，接着，一个庞大的黑色形体出现在门外。

这是一个冰冷的、充满暴虐气息的形体，是来自太古洪荒的最原初的愤怒与狂暴浓缩而成的精魂。它有智慧，却没有灵魂；它有理性，却毫无人性——气旋就像爬上豌豆藤顶端的杰克遇到的巨人一样，带着病态的兴趣打量着被逼进死角的猎物。

她想要做点儿什么，但身体却仿佛套上了无比沉重的锁镣，潜伏在人类基因中的生物本能——在无法逃脱也无法抵御的强敌面前保持静止以避免被发现的本能——无情地限制了她的行动，让她只能继续面对这个无情而又不可捉摸的魔鬼。与此同时，整个舱室也突然暗了下来，仿佛某个黑暗之神刚刚抽走了所有的光和热，只留下了绝望与虚空。

接着，魔鬼开始发生变化：狂暴涌动的气体逐渐塑出了人类的五官——苏珊娜惊讶地发现，米格尔·洛佩斯的脸正注视着她，扭曲的笑容让他看上去就像是一个充满恶意的掠食者，正在打量着到手的猎物。冰冷的气流从两排由冰晶组成的利齿之间来回穿梭啸叫，听上去既像是苦笑，又像是哭泣。

苏珊娜想要说点什么，但她的舌头和声带似乎都已经冻成了冰，甚至连一声最细微的喘息也发不出来。在不属于人类的尖锐笑声中，巨怪将一道由阴影构成的爪子伸向了她，一股强烈的寒意就像海蜇的刺丝囊，无情地穿透她的皮肤，钻进她的肌肉与骨骼，同时又像一柄弯刀一样将她的感官从这个世界上生生剥离开来。

她在无尽的黑暗中坠落，在寒冷与恐惧共同形成的泥沼中无助地越陷越深……

苏珊娜重重地坠回了现实。

一组幽蓝色的数字在睡眠舱内侧的仪表板上跳动着，告诉她时间已经过去了 5 小时 11 分钟——这相当于超过 10 个小时的常规睡眠。按理说，深度睡眠过程中预设的脑波调谐程序应该让她在醒来之后精力充沛、情绪平稳，但事实却并非如此：尽管噩梦已经退去，但那种如同附骨之疽般的寒意却并没有消散。

苏珊娜摸索着找到了睡眠舱的温度调控面板，将内部温度调到了 33 摄氏度的上限，但这并没能让她的感觉变得好些，这种难以言喻的寒意并非来自周围的空气，它直接源自她潜意识的最深处，源自那种无法抑制的不安与焦虑。

在睁开眼睛的刹那，苏珊娜还看到了别的东西：一行由视网膜投影设备投射出的文字在她的眼角跳动着，提示一封新邮件刚刚发到邮箱里。她打了个呵欠，打开个人终端，但奇怪的是，那封没有署名的邮件却怎么也打不开——事实上，无论她想用什么办法打开它，能看到的都只有这么一行字：

本邮件已设置定时开启 / 加密程序，将在 100 个标准时后自动开启。在此期间，不能被删除、修改或移动。

"噢，见鬼。"苏珊娜嘟哝了一句，翻身从铺在睡眠舱里的软垫上坐了起来。负责控制室内环境的人工智能程序意识到了她已醒来，立即让柔和温暖的鹅黄色灯光洒满房间的每一个角落。她一边揉着眼睛，一边习惯性地朝床头柜伸出手，但只摸到了一个空空的杯子——直到这时，她才后知后觉地想起来，宿舍里的自动咖啡机两个星期前就坏掉了，至今还没有修好。

苏珊娜无奈地摇了摇头，披上外套走出了舱门，准备到办公区俱乐部去碰碰运气。

在狭长的走廊里，一盏盏照明灯伴着她的脚步陆续亮起，在末日将至的时刻最后一次恪守它们的职责。走廊两侧的大多数办公舱舱门都开启着，到处都能看到基地的居民们在进行撤离准备时留下的痕迹：没有用处的纸质文件与表格像旧纪元中的廉价街头广告一样散落在办公室的地板上，价格昂贵的实验设备被匆匆塞进包装箱里，与从厨房和食品仓库里拿出的一箱箱浓缩食品一道摆在走廊两侧。许多抽屉与储物柜都被翻得乱七八糟，它们那些平时丢三落四的主人显然刚花了不少工夫试图从里面找出某些不知去向的重要物品；还有几个舱室里仍然亮着灯光，后勤人员正在巨细无遗地整理清点他们能找到的每一件东西，并裁定它们的命运：被带上穿梭机，还是留在这里与镍星基地一同毁灭。

镍星基地唯一的俱乐部位于办公区走廊的末端，恰好处于这颗小天体的正中央。说是俱乐部，其实不过是当初设计这座基地的建筑师因为一系列阴差阳错而留下的几座相连的冗余仓库。出于物尽其用的原则，基地执委会在这些舱室里安装了立体音响、全息放映设备和感官游戏接口，以及其他一些可以在普通的小酒吧里发现的玩意儿——事实证明，在提供地方让那些百无聊赖的基地警卫和换班的后勤人员消磨时间，以免这些精力过剩的家伙惹出乱子这一点上，俱乐部确实起到了不可替代的重大作用。

俱乐部的第一间舱室是一间舞厅，色调艳俗的彩灯和塑料做的假藤蔓纠缠在一起，从天花板一直延伸到墙角的两台廉价音响上。在舞厅的一角放着一台饮料机，苏珊娜一边打着呵欠，一边打量着饮料龙头上的字样，随即沮丧地发现这玩意儿只能供应她最不喜欢的碳酸饮料。她摇摇头，转身打开与第二个舱室相连的门，但就在气密门沿着滑槽退入墙壁的瞬间，一个沉重的东西突然从门的那边掉了出来，就像一只被缺乏敬业精神的邮递员随手扔出的包裹一样，砰的一声倒在她的脚下。

那是一个人。

一个已经死去的男人。

这位不速之客的出现完全出乎苏珊娜的意料，在随后的几秒钟里，突如其来的惊吓与一直盘踞在她脑海中的那股驱之不去的寒意汇成了一道冰冷彻骨的洪流，只差一点就彻底压垮了她的理智。值得庆幸的是，多年服役生涯所培养出的理性很快就重新占据了上风。苏珊娜左右环顾片刻，以最快的动作从一个标有"紧急"字样的箱子里取出一把消防斧和一个手电，将雪亮的电光射向门后的黑暗之中。

与被布置成舞厅的第一个舱室相比，第二个舱室的容积还不到它的一半，因此，负责改装的那些家伙把它变成了一间小型酒吧。在长长的木质吧台上，几只快要见底的酒瓶还摆放在顾客最后一次放下它们的位置上，一旁的玻璃杯仍然盛着半透明的小麦色酒液。从放在吧台后的椅子数量来看，不久之前很可能曾经有两个人在这里对饮。在她的脚下，那个扎着马尾辫的矮小男人就像被献祭给山神的印加木乃伊一样蜷缩成一团，缀在卡其色袖口上的银色工程师领章表明了他的身份：镍星基地的总工程师长谷川宽秀。

狭小的酒吧间里看不到其他人的踪影，凶手显然从一开始就不打算用待在案发现场的方式为自己的行为负责。长谷川的身上没有明显的外伤，他的瞳孔扩散、脸色青紫，嘴角流出的白沫散发着一股淡淡的苦杏仁味儿——苏珊娜曾经在紧急救护讲座上听说过氰化物中毒的症状，但她还是头一次看到实例。

冷静，必须冷静。苏珊娜强迫自己深呼吸，然后在尸体旁蹲下，开始翻检死者的随身物品。长谷川宽秀的个人物品数量颇为可观，简直足以用来开设一座小型博物馆。在他身上，苏珊娜找到了数目繁多的各种卡片、证件、钥匙、钱币、挂饰和小工具，当然，还有她真正想要的东西：一块大小和形状都与旧纪元的怀表颇为类似的、表面刻着一个银色工程师标记的圆盘。

在强忍住想要呕吐的冲动后，苏珊娜掰开已经去世的总工程师的下巴，用指甲从他的口腔里刮下了一些活性细胞，然后将其涂在了代表工程师的"扳手与锤子"标记中央。就在她做完这件事的同时，一道毫无热度的幽蓝色光束从圆盘中倏然射出，在她面前的空气中勾勒出一块全息影像的操作界面。让苏珊娜始料未及的是，长谷川宽秀的个人终端使用的是一种完全不同的操作程序——很可能是为工程师专门设计的。在光束投射出的操作界面上，近百个操作图标就像门捷列夫元素周期表里的元素符号一样密密麻麻地排列着，里面没有一个是她熟悉的。在这些杂乱无章的图标下方，她发现了一个被最小化的对话框，上面用醒目的红色箭头显示着一个正在跳动的倒计时器显示着 00：00：11。

这是什么的倒计时？苏珊娜用手指戳了戳对话框，一张由倒计时器组成的图表立即填满了整个界面。令人费解的数字规律地跳动着，显示出的剩余时间从 10 秒到 5 分 40 秒不等，但却没有一个倒计时器带有文字说明，"系统，解释倒计时的目的。"她说。

"无效访问，需要合法的授权码。"终端用那种愚蠢透顶的欢乐语气说道，与此同时，第一个倒计时器终于跳到了"0"，"D-7 封锁准备就绪，开始紧急封锁——"

"封锁什么？！"

"紧急封锁完成。"第一个倒计时器消失了，它下面的那个立刻像压在弹匣里的子弹一样顶了上来——还有 10 秒，"D-6 封锁准备就绪——"

"这是搞什么鬼？！"苏珊娜嘟哝了一句，胡乱按下了一连串图标。大多数标志都没有任何反应，但位于界面右下角的一个圆规按键却让她看到了想要的东西：一幅镍星基地的三维结构图。在这张结构图上，所有舱室的气密门都以两种显眼的颜色标示出来，其中三分之二已经成了表示密封的红色，三分之一仍然是绿色。

上一道变成红色的门正是 D-6——而如果这幅结构图没有弄错的话，酒吧间的门的编号则是 D-5。

D-5 的倒计时还剩下 5 秒钟。

"天杀的！"苏珊娜一把抓起那台个人终端，以她这辈子达到过的最快速度飞奔起来。就在她冲过几米之外的气密门的一刹那，巨厚的合金板就像一柄巨型铡刀般从滑槽中悄无声息地落下。如果她的动作再慢上半拍，这玩意儿多半会像切土豆一样把她拦腰削成两段。

"终止程序！"她一边跑向俱乐部的出口，一边朝捧在手里的终端扯着嗓子大喊，"马上终止程序，把所有门都给我打开！这是命令！"

"命令无效，需要正确的授权码。"合成电子语音扬扬得意地答道，"重复，终止紧急封锁程序需要正确的授权码。"

苏珊娜当然不知道什么是正确的授权码，而她也不打算冒险瞎蒙：从理论上讲，一次性蒙对标准授权码的概率是十的十七次方分之一，而只需要三次错误就会启动安保程序，使得个人终端被完全锁死。她咬了咬嘴唇，重新调出全息地图：谢天谢地，编号为"E-1"的主要气密门——它是由办公区前往装卸区的唯一出口——目前仍然被标示为绿色。苏珊娜很清楚，这道门一旦也被封锁，整个办公区都会成为一条死胡同，而那些被堵在这道门后的人将只能像被困在沉船上的老鼠一样，无助地陪伴着这颗注定灭亡的小卫星坠入万劫不复的冰冷深渊之中。

她还有 39 秒的时间，而她离那道门的距离是 240 米。

不知是不是由于正在执行的封锁程序的缘故，曾经充溢着整条走廊的柔和光线已经全部熄灭了，取而代之的是昏暗的红色应急灯光。几个尚未撤离办公区的后勤人员正聚在一间堆满杂物的办公室里，惴惴不安地交头接耳。"快跑！"苏珊娜在接近办公室时朝他们吼道，"这儿不安全！跑！快跑！"

那几个人不知所措地对视了片刻，随即如梦初醒般地朝办公室的门口冲去。

有那么一瞬间，苏珊娜欣慰地以为这些人得救了，但就在最前面的那个男人即将冲出办公室时，大门的指示灯突然变成了刺眼的猩红色。

苏珊娜只救出了一只被齐腕削断的手掌。

由于气密门良好的隔音效果，苏珊娜没能听到垂死的伤员撕心裂肺的哭喊声。她既来不及再打开那幅全息地图，也没时间关心剩下的时间到底还有多少，存留在她脑海中的念头只剩下一个：跑！为了自己的生命而跑，为了能够活下来找出这件事的幕后元凶而跑，为了不被困死在这块活见鬼的大石头里而跑。现在还有多少时间来着？ 15 秒？ 10 秒？这些都不重要。她已经能看到那

扇通向装卸区的大门了，现在需要做的只是再加把劲——还有不到
50 米了，不，还剩下 30 米，不，20 米，最多还剩 20 米了。只
要再……

随着一阵刺耳的蜂鸣声如同催命丧钟般骤然响起，厚重的气
密门在离苏珊娜不到 10 米的地方冲出了滑槽，以迅雷不及掩耳之
势将办公区与装卸区分割了开来！

有生以来第一次，无法抑制的绝望彻底击垮了苏珊娜的心理
防线，她无力地在这扇大门前跪了下来，脑海中一片空白，剩下
的只有无底寒潭般深不可测的绝望。苏珊娜很清楚，这扇门再也
不会打开了，她曾经离逃出生天只有一步之遥，但现在却注定将
要永远埋葬在千里之外暗无天日的黑暗世界中，直到……

"嘿！你还在磨蹭什么？"就在泪水沿着脸颊落下的一刻，她
突然听到了一个熟悉的声音——是的，这不是绝望中产生的幻听，
而是真实存在的声音！

"动作快点！我们没时间了！"

五

那扇门并没有完全关上。

当苏珊娜动作笨拙地翻过那堆因为闸门的重压而扭曲变形的

废金属时，她认出了这玩意儿曾经是什么——在基地的装卸区里，大多数搬运与装卸工作都是由这些棱角分明、蠢头蠢脑的 HC-21 多功能机器人完成的，而眼前的这位，显然也曾经是它们中的一员。即便已经被沉重的闸门挤压变形，但苏珊娜还是能分辨出那些坚韧的机械臂，以及那台酷似昆虫复眼的光学传感器。尽管有着足以抵御轻武器打击的坚固外壳，但气密门关闭时的重压仍然彻底摧毁了它——它的壳体被压得凹下去一大块，里面的部件也全部毁于一旦，熔融的金属与燃烧的塑料散发出的味道混在一起，令人恶心欲呕。值得庆幸的是，它的自我牺牲至少成功地让气密门留下了一条缝隙，一条足以让一个人钻过去的缝隙。

"谢天谢地！"还没等苏珊娜的双脚在装卸区的复合材料地板上站稳，一只枯槁的手已经轻轻地落在了她的肩上，"走廊里还有其他人吗？"

"没看到。"苏珊娜摇了摇头。在装卸区外侧的停机坪上，基地的八架穿梭机中只有六架还停在原地，她知道"探索号"正在大修，但另一架失踪的穿梭机……是"无惧号"吗？它又去了哪儿？"他们都被困在办公室和仓库里了。"

"真是不幸……"吕锡安下意识地朝那些并排停放着的穿梭机群看了一眼，"好在你逃出来了，否则我们谁都别想活着离开这儿。"

这话倒没错。苏珊娜心想。在偌大的装卸区里，她总共只看到了三个人：吕锡安本人、一名航空港警卫和一位值班的机械师，后面两位此刻正站在航空港的武器库门口，将一大堆火力强到足以推翻一个旧纪元小国的武器装备往"好奇号"的货舱里搬。但除了她之外，这里没有任何人知道怎么驾驶这玩意儿。"其他人呢？到底出了什么事？"苏珊娜问。

"刚才发生了可怕的事故……"镍星基地的负责人语气沉重地说道，"基地的自动安保系统出了故障，它认定整座基地正在遭受着烈性生物武器侵袭，于是启动了自动封锁与防疫系统！"他停顿了片刻，看了看站在他身后的那名机械师，"如果不是刘钢先生应对及时，命令装卸机器人堵住了装卸区入口的气密门，我们俩恐怕都没机会逃出来。"

"我们还能救出其他被困者吗？"

"很抱歉，办不到。"名叫刘钢的机械师双手一摊，"针对烈性生物武器袭击进行的封锁是永久性的，门锁的控制系统在锁定后就会被自动熔毁。除非实施定向爆破，或者干脆用焊炬把它们切开，否则不可能打开这些门。"

"除此之外，一旦封锁完成，防疫程序就会开始对所有被封锁区域逐一实施最高级别的消毒，以杜绝生物武器蔓延的可能性。"吕锡安补充道，"所有被判定为遭到感染的舱室都会经受大剂量持续性辐射照射，直到里面的每一个蛋白质大分子都被高能射线烘烤得外焦里嫩为止，没有任何病原体可以在这样的环境中生存下来——人更是不行。"

"但这不可能啊，"苏珊娜倒吸了一口凉气，"这种级别的措施只能针对无人设施使用！"

"而所谓的'人'指的是活人，如果系统判定被困人员已经死亡，那它就完全可以这么做。"吕锡安说道，"而不幸的是，这似乎正是安全系统的想法——至少，当我试图命令它终止程序时，它就是这么告诉我的。"

一连串令人不寒而栗的画面开始浮现在苏珊娜的脑海中，让她不由自主地打了个寒战：成群没有面孔的人被困在无法逃离的囚笼内，成为原本用来保护他们生命的消毒程序的牺牲品。他们就像一群被困在沸水中的活虾，被迫在意识清醒的状态下体验缓慢而又不可逆的毁灭过程：骨髓和血液被破坏，神经系统功能渐渐紊乱，皮肤因为血管壁细胞的大量坏死而逐渐被内出血涨成可怕的殷红色，就连临终前的每一次呼吸都会成为一种可怖的刑罚……

"无论如何，"吕锡安长长地叹了口气，"我必须对这场可怕的意外负全部责任，一旦回到科学院……"

"不，教授，我不认为这是意外，"苏珊娜从口袋里掏出总工程师的个人终端递给对方，"我想，有人蓄意策划了这一切。"

"这么说，你认为正是那个谋杀长谷川宽秀的人冒用他的身份入侵了安全系统，并发布了生物武器威胁的假警报？"当"好奇号"

载着基地仅有的四个幸存者缓缓驶出扭曲变形的航空港气闸时，吕锡安用穿梭机上的机载电脑向基地的中央控制系统输入了最后一段密码——几分钟后，为镍星基地供能的主反应堆就会变成一个小号核火球，苏珊娜由衷地希望，这么做至少能让那些落入死亡陷阱的人在临终前少受一点儿痛苦。

"我相信是这样。"苏珊娜来回调整着辅助发动机喷口的角度，试图让穿梭机在一连串狂暴的湍流冲击中稳定下来。尽管在目前的高度上，她暂时还不必担心那些危险的大型气旋，但强烈的对流活动制造出的紊乱气流仍然足以把那些过分粗心大意的傻瓜送上不归路，"虽然我和长谷川先生接触不多，但我并不认为他有理由谋害我们或者自杀——他是个好人，教授。"

"没错，他当然是个好人，而且还是个虔诚的基督徒。我宁愿相信邦联科学院的院长能当上下一任邦联主席，也绝不相信他会自寻短见。"吕锡安说道，"那么，这件事只剩下一种可能——虽然我仍然不愿意相信这是真的。"

"您的意思是——"

"准尉，你知道科学院当年为什么要花费巨资建造镍星基地吗？"吕锡安突然问道。

"嗯，据我所知，建造镍星基地的目的是研究这颗行星上的气旋——整个宇宙中独一无二的、具有自我意识的气旋，而且这里也能成为一个绝佳的天文观察点和天体物理实验中心。"苏珊娜猛地向后一拉操纵杆，避过了一个正在迅速朝"好奇号"接近的放电云团，不断探出暗橙色云层周围的闪电让它看上去活像一只怒气冲冲的大水母，"至少公开的官方说法是这样的。"

"哦，没错。而且从技术层面上讲，这种说法确实是真的——虽然并不是全部真相。"当穿梭机在云团上方重新转入平飞时，吕锡安继续说道，"别忘了，邦联议会除了那点儿关税和出售勘探特许证之外，没有任何财政收入，科学院的运行经费绝大多都得靠大公司赞助——议会给我们的拨款连给科学院总部的清洁工们发工资都不够。"

"这我知道。"苏珊娜回答。

"换句话说，科学院不会进行没有经济回报的研究——至少不会为了那种项目花掉 2000 多亿资金。想想看，对一颗远离人类定居点，甚至几乎没有人听说过的气态行星上的气旋进行研究，能为资助研究的企业带来哪怕半毛钱的利润吗？当然不能！但事实是，几乎每一个邦联科学院的赞助企业都为这次看似无利可图的研究买了单——你觉得这又是为什么？"

"我——"苏珊娜正要开口，她面前的透明风挡突然变成了灰暗的茶色：就在刹那之前，一道来自镍星基地方向的强烈闪光刚刚照亮了天际，将周遭方圆数百千米内的一切都笼罩在炽烈的光辉之下。随着闪光开始消退，位于机尾的摄像机自动将画面传输到她面前的显示器上：这颗正在坠向行星表面的小卫星从中央被炸成了两截，闪烁着橙色光泽的高温等离子体从星体表面的每一道出口、每一条裂缝喷涌而出，形成了一座座耀眼的喷泉！在冲击波的作用下，火焰与烟尘就像一群咆哮的炼狱巨兽般高高地跃入昏暗的天穹，基地内那些尚未在爆炸中被完全摧毁的设备——燃烧的穿梭机、损毁的装卸机器人、被撕裂的闸门碎片和集装箱——与镍星的碎块一道四散坠落。就在这些东西坠入云海的同时，数以百计的气旋如同嗅到血腥味的鲨鱼般蜂拥而至，疯狂地撕裂、压扁、碾碎这些人类的造物。

"愿我主安抚他们的灵魂。"坐在后座上的警卫脸色铁青，用颤抖的手指在胸口上画了个十字。

"这些东西，"苏珊娜憎恶地看着那些正在争先恐后地摧毁人造设备的气旋，"它们为什么这么恨我们？"

"这并不奇怪，"吕锡安说道，"因为这就是它们存在的目的。"

"目的？"正坐在他身后检查后备箱里的行李袋的刘钢突然冒出一句，"自然现象是不需要目的的。"

"但生命却是有目的的。"吕锡安解释道，"而这也正是生命进化必然趋向智慧的原因所在——对于一切生命而言，它们的首要目的是自我复制与增殖，而智慧的产生则是达成这一目的最有效的手段：有了智慧，生命就可以对抗自然、征服自然，最终迫使自然服务于它们的首要目的——人类的历史已经证明了这一点。但这些气旋呢？它们要智慧又有什么用？！它们不需要对抗掠食者，不用担心疾病与伤痛，用不着因为一点儿气候变化就担惊受怕，更没有生儿育女的需求——"

刘钢工程师摇了摇头，说："可是查尔斯·陈博士已经证明了，这些气旋的自主意识有可能是自然形成的。"

"从理论上讲，没错。但这仅仅是一种'可能'而已：你也可以把一堆切割好的石料扔在大不列颠的荒原上，然后等着一阵足够强的风'恰好'把它们吹起来，从而'自然形成'巨石阵——这在理论上也是'可能'的。"吕锡安猛地朝着舷窗外一挥手，"在旧纪元，地球上的科学家也许有理由坚持这种说法，因为在那个蛮荒时代，'智慧设计论'很容易被愚昧的民众曲解为'神创论'。但作为更加文明开化的现代人，我们完全应该接受这样的现实：在这个宇宙中，曾经存在过许多比现在的我们更加高超的智慧，有能力创造出我们暂时还不能创造的东西——而这与辩证唯物主义并不矛盾。

"当然，这种判断并非毫无根据：想想看，为什么它们要不分青红皂白地袭击一切接近这颗行星表面、完全不会对它们造成任何影响的穿梭机和飞船？唯一能说得通的解释就是，它们的存在本身就是某种防御措施，它们的创造者赋予了它们意识、对外界的感知能力和对一切外来入侵者的憎恨，以此来保护隐藏在这颗行星上的秘密——与其他防御措施相比，这种手段更加隐蔽，也更加安全：一艘被高能激光束拦腰斩断的飞船几乎肯定会引来一大群调查者，但谁会意识到一架'意外'撞上气旋的穿梭机，遇到的其实并不是一场事故呢？事实上，如果当年若望·罗孚特教授没有在最后一刻以生命为代价发回他的研究报告，我们恐怕永远都不会意识到这些'事故'背后的玄机。"

"所以说，邦联科学院真正想要的，是藏在这颗行星上的'秘密'，对吧？"苏珊娜总结道，"但那到底是什么呢？"

"我不知道。不过那极有可能是某个远古文明的遗产，而且肯定非常宝贵、极具价值——否则，它的创造者为什么要如此大费周章地把它藏在这儿？还有一些社会学家根据某些已经退化了的地外文明——比如奥鲁恩族或者茨纳尼亚人的传说进一步推测，所谓的'宝藏'或许是某种类似于资料库的东西：创造它的种族将他们的文明成果储存在这个万无一失的保险箱里，以备不时之需。但出于某种原因，他们再也没有回到这里……"镍星基地的前主任耸了耸肩，"总之，这一切都只是推测，没有任何直接证据可以证明或者证伪这些观点。如果我没猜错的话，在所有在世的人之中，恐怕只有一个人知道这个问题的答案。而不幸的是，这个人显然并不打算和其他人分享他的发现——因为他很清楚，他的发现意味着远远超出绝大多数人想象的财富，甚至是某些连财富也无法换取的东西。正因如此，当这个秘密被我和其他一些人发现后，他就意识到自己正面临着一个两难抉择：要么将它拱手让出，要么……"他轻轻摇了摇头，没有继续说下去。

尽管已经猜到了答案，但苏珊娜还是忍不住问了一句："谁？"

"我们亲爱的朋友和研究伙伴，"吕锡安语带讥诮地说道，"奥古斯特·米格尔·洛佩斯教授。"

六

就像地球海洋深处的无光带一样，覆盖在浓密云层之下的气态行星表面是个黑暗阴冷的世界。在液态的氢氦海洋与隔离了一切阳光的低垂云层之间，极高的密度使得空气变得像树脂一样黏稠滑腻，而"好奇号"则像一只在行将凝固的琥珀中挣扎前行的小飞虫，一边竭尽全力向前蠕动，一边祈祷着在下一秒不会落入万劫不复的深渊。在浓如墨汁的黑暗中，唯一的光源只有偶尔出现的球状闪电，这些色调惨淡的光球三五成群地在云层下方无声地徘徊，宛如一群无家可归的孤魂野鬼。如果冥王哈德斯或者地狱之后赫尔莅临此地，大概会有种宾至如归的感觉，但这种黑暗带给"好奇号"上的乘客的恐惧——这是人类最原初的、无法抑制的恐惧，是人类对于未知的本能恐惧。每当苏珊娜将视线投向风挡之外那片无边无际的黑暗时，这种恐惧就会像冰冷的毒蛇般游进她的血管，缠住她的心脏，迫使她不得不重新将视线转回搜索雷达与导航计算机绘制出的图表上，小心翼翼地保持着航向。

"距离目标 32 千米，朝东北方向转向 30 度。"吕锡安一边吸吮着味道甜腻的流质高热量食物，一边向苏珊娜发出新的指示——就在一天之前，苏珊娜还不知道镍星基地配备的每一架穿梭机上都安装有一套额外的、隐秘的追踪设备，而只有基地里的少数几位领导才有权启动它们。如果放在平时，这种对飞行员的赤裸裸的不信任肯定会让苏珊娜勃然大怒，但现在，她却不知道该对此做何感想：毕竟，正是靠着这台秘密追踪器断断续续的信号，他们才得以一路追踪米格尔·洛佩斯来到这里。

"好，现在向西北方向转向 30 度，保持巡航速度……唔，有意思，看来他已经到了。"吕锡安说道。

"到了？"苏珊娜诧异地问。

"三角定位的结果显而易见：'无惧号'已经停止移动，"吕锡安用指节敲了敲副驾驶座前老旧的仪表板，"这只能说明一件事：洛佩斯教授已经找到了他想找的东西。"

"但'无惧号'也许只是坠毁了……"机械师刘钢忧心忡忡地朝舷窗外瞥了一眼——由于气压已接近机体材料可以耐受的压力极限，舷窗的多层强化玻璃表面肉眼可见的微小裂纹越来越多。每隔几秒钟，穿梭机线条优雅的三角形机翼就会像帕金森病患的双手一样剧烈地抖动一阵，似乎随时可能断裂，"毕竟这里的气压已经超过——"

"不可能，"吕锡安答道，"追踪器是从穿梭机引擎里获取能源的。如果穿梭机已经被摧毁的话，信号也会自动消失——他就在那儿。"他看了一眼追踪器上的读数，紧锁的眉头略微舒展了一些，"20千米。很好，我们应该很快就能看到他的降落地点了。"

苏珊娜不置可否地耸了耸肩，没有接话——在搜索雷达提供的三维图像上，前方20千米处没有传来任何反射信号，就连重力探测仪和高灵敏度磁异探测器在一片虚无中也没发现半点儿异常。她甚至开始怀疑，也许他们从一开始追逐的不过是一个错误、一个影子、一个老人疯狂的幻想……

但这些想法只存在了短短几秒钟。

就像旧纪元中大名鼎鼎的大卫·科波菲尔的魔术一样，在片刻之前还是一片黑暗与虚无的地方，一座体积庞大的岛屿骤然出现在苏珊娜的视野之中。

尽管周围没有任何光源，但这座岩石岛屿的表面却笼罩着一道薄纱般的清冷光泽，这道光泽不仅照亮了岛屿本身，也照亮了周围冰冷的液氢海洋。尽管四周怒号的阴风已经达到上百千米的惊人时速，但岛屿附近的海面却在行星强大引力的束缚下保持着平静，只在岛屿边缘时不时地泛起轻微的涟漪。这座寸草不生的岩岛上，布满了大大小小的陨击坑、裂谷、山丘和深色的洼地，看上去就像一颗普通的岩石卫星——而从重力探测器获得的数据看，事实的确如此。

"这……这怎么可能？"在看到显示屏上跳出的一行行扫描数

据时，苏珊娜的下巴惊讶得差点掉下来：数据显示，眼前这座"岛"确实是一颗岩石小行星——它的直径在 600 千米上下，恰好高于可以保持流体静力学平衡的最低标准，密度则和地球相当。但在大学里学到的常识告诉她，眼前这一幕应该根本不可能出现才对：没错，气态巨行星确实经常吞噬周遭的卫星和小行星，但绝大多数牺牲品——比如镍星基地的"母体"——在落入大气层前就会被强大的引力撕碎，要么变成环绕行星的光环，要么化为碎屑并湮没在浓密的大气层之下，绝不可能在坠入大气层底部时仍旧完好无损。

"这当然有可能——因为它本身就是事实。"吕锡安答道。尽管出现在他眼前的奇景足以让任何一个具备起码的物理学常识的人脑筋短路、肾上腺素浓度飙升，但他却既没有感到惊讶，也没有流露出一丝一毫的喜悦。事实上，现在的他比任何时候看上去都更像一个精疲力竭的普通老人，一心只希望能尽快回到舒适温暖的老房子里好好休息。"除非你有证据证明这不过是个幻象，否则我还是建议你相信它为妙。"吕锡安说道。

苏珊娜耸了耸肩，问："我们现在怎么办？"

"下降，让导航电脑制定登陆航线。"吕锡安捻了捻下巴上花白的胡荏儿，然后通过那台古董级的终端，将一系列数据敲进计算机，"我们的目标就在这儿。"一幅由外部摄像机拍摄的低分辨率二维图像被投射在驾驶座的平面显示器上：一座位于一处环形山的中央、直径 500 米上下的圆形平台，显然是某种停机坪；附近还有一座类似蚁丘的建筑物，看上去应该是航管中心或者地下通道入口。不过，真正引起苏珊娜注意的，还是位于图像边缘的那团不规则黑影——虽然看不太清楚，但她敢用自己的穿梭机驾驶员资格打赌，那可能是舱门开启、机翼处于折叠状态的"无惧号"。

"他是怎么做到的？"苏珊娜费了不少劲儿才把又一句"不可能"从嘴边咽了回去，"基地的穿梭机上应该没有装备增压服才对啊。"当然，这话其实不大确切：在如此接近一颗气态巨星核心的地方，即便是穿梭机特制的高强度外壳也已经到了崩溃的边缘，想要只凭薄薄的一件增压服抵挡住近万个大气压的可怕压力，更是无异于痴人说梦。但事实是明摆着的："无惧号"不仅在这座"岛"上着了陆，而且还打开了全部的舱门——而她可不认为洛佩斯大老远跑到这儿来只是为了自杀。

"你很快就会知道的。"吕锡安的声音仍然一如既往的平静。

但不知为什么，这种平静的声音却让苏珊娜心中一阵发怵，"是的，我们很快都会知道。"她说。

在苏珊娜不算漫长的一生中，她曾经见识过各色各样的走廊：其中既有镍星基地里那种明亮宽敞，但却毫无个性的标准化通勤走廊，也有达兰尼亚废弃矿坑里阴暗压抑、遍布流浪汉涂鸦的低矮隧道；在新色雷斯，当地的高级度假旅馆将悬挂在巨型石笋柱之间的全透明观景走廊作为卖点之一，而圣提奥多罗斯的活体建筑群里的走廊则完全是用活生生的藤本植物构建而成的。但是，眼下她置身其中的这条走廊，却与她的所有经验都格格不入：它是固态的，但看上去却像是某种被困住的液体；它是沉默的，但却似乎有无数声音像溶洞中的水滴般随时随地从四周的墙壁中渗出、在她耳畔悄然低语。诡异而冰冷的流光从弧度微妙的墙面下滑过，光和影仿佛有着自己的意志般任性地混杂交错。

就连时空本身似乎也在这里发生了令人难以理解的变化：有时候，从一条弯道走向另一条弯道所花费的时间会长得让人感觉仿佛过了一个世纪；有时候，穿过一条长得几乎望不到头的路却似乎只需要一眨眼的工夫。事实上，这里唯一"正常"的只有气压和引力——出于某种苏珊娜完全无从想象的原因，这里的气压一直保持在略高于一个标准大气压的水准上，而重力则只有区区 0.9G，不到 MG77581A3 表面重力的二十分之一。尽管苏珊娜在心底对这一切都充满了好奇，但这一次，她明智地没有提出任何问题：这个处处充满反常的地方已经完全超出了她理解能力的上限，即使吕锡安能够回答她的问题，他给出的答案多半也只会让她陷入更深的困惑之中。

"我说，这鬼地方可真有点儿邪门。"当这支小小的队伍第十四次拐过一条弯道之后，走在队伍最前面的刘钢突然说道，"我们怎么会走到这种地方来？"

"又怎么啦？"苏珊娜用力咬紧嘴唇，竭力压下一股想要举枪乱射的无名怒火——之前的长时间疲劳驾驶已经差不多磨光了她最后一点耐心，而更糟糕的是，当"好奇号"降落之后，吕锡安甚至不容许她休息哪怕一分钟，就粗暴地把她赶下了穿梭机。在这位前任上司的指挥下，他们先对已经人去机空的"无惧号"来了一次彻头彻尾但却徒劳无功的大搜查，然后又马不停蹄地钻进平台附近的地下通道入口，继续追捕那个该杀千刀的米格尔·洛佩斯。在背着一支 AG-34 针弹枪和一把多功能军刀，外加总重超过20 磅的备用弹药、水壶、轻型护甲和标准急救包跋涉了好几里路之后，苏珊娜觉得自己身上的肌肉仿佛已经变成了一坨坨结冰的糨糊，双腿酸疼得活像是钻进了一窝发疯的火蚁，而积聚在心头的火气更是足以活活烤熟一头大象。"该死的，我们到底走到哪儿了？"她的语气中透出火药味儿。

"这……"机械师下意识地舔了舔干裂的嘴唇，然后将手里捧着的一台砖块大小的仪器递给对方——这是他从被洛佩斯抛弃的"无惧号"上拆下来的中微子定位仪，"我刚刚用这台定位仪和轨道上的同步卫星连上了线。但这上面的读数表明，我们现在的位置……呃……已经接近这颗星体的正中央了。"

"正中央？！"苏珊娜脱口说道，"这鬼东西的直径有差不多600 千米！而我们从降落到现在也才刚走了半个小时而已，"她摇了摇头，"你的仪器肯定出问题了。"

"不，"刘钢的神色变得更加紧张了，"我们真的走了这么远！我刚才试着用个人定位装置联系'好奇号'，结果它告诉我，我们与它的降落位置之间的直线距离已经超过 200 千米。"他咽下一口唾沫，"我想……呃……我们最好还是回去吧。这鬼地方多半是个要命的陷阱，我可不想下半辈子都被困在这种地方。这里说不定还有……有……"

"有人！"

如果不是警卫及时出声提醒，苏珊娜很可能压根儿不会注意到那个从走廊另一端一闪而过的人影——尽管只是匆忙中的一瞥，但她还是可以肯定，那人正是米格尔·洛佩斯。"站在那儿别动！"她举起针弹枪，厉声喝道，"不然我就开枪了！"

洛佩斯的答复是整整一个弹匣的刺钉弹！就在他的身影消失在走廊前端的同时，这些呼啸而来的金属尖钉像刀尖撕碎纸片一样轻而易举地穿透了刘钢的前额。在死神造访的瞬间，这名瘦小的亚裔工程师猛地颤抖了一下，然后才慢慢屈膝跪倒，俯卧在散发着幽蓝色光芒的地板上——看上去仿佛正在进行某种源自古老东方的祭祀仪式。

"浑蛋！"同伴的死亡点燃了那名基地警卫的怒火。这个高大的黑人挥舞着手里的爆能步枪，像发起冲锋的古代祖鲁武士一般怒吼着追了上去。还没等苏珊娜来得及制止这种鲁莽的行为，他就已经冲到了洛佩斯消失的岔道附近——片刻之后，一道如同太阳般耀眼的光芒突然照亮了整条隧道，然后像一个致命的情人般紧紧地拥抱了他。

我还不知道他的名字。不知为什么，这是苏珊娜脑海中浮现出的第一个念头。我还不知道他叫什么。

"待在这儿别动，教授。"在回过神来之后，苏珊娜朝跟在身后的吕锡安做了个"隐蔽"的手势，然后紧贴着走廊的墙壁，以标准的隐蔽前进姿势蹑手蹑脚地接近那个隐蔽的死亡陷阱，直到离警卫的尸体只有几米远才停下脚步。正如预料中的那样，她的这名同伴身上只有一处十分显眼的致命伤：一个位于胸口上方、直径足有成年人拳头大小的焦黑孔洞。

离子钉！苏珊娜深吸一口气，强迫自己将目光从警卫的尸体上移开。与其他那些平时储存在基地的武器库中，用于防备可能发生的恐怖袭击或是其他突发事件的枪支弹药不同的是，IC-75 等离子束切割器——也就是俗称的"离子钉"——其实并不算是严格意义上的军用装备。这套设备由一台高能等离子生成装置与一套可以将等离子体在短时间内"塑造"成各种形态的强力约束磁场发生器构成。虽然离子钉在大多数情况下仅仅被用来拆卸报废的机械设备和金属废料，但只要花上一点儿时间重新设定控制程序，并安装上与之配套的热能／光学自动寻的系统，它也可以成为一种极其有效的自动防御装置。

但它远非无懈可击。

在一番摸索之后，苏珊娜终于从弹药携行袋里找出了自己需要的东西：一粒指尖大小的黑色圆球——虽然分配给镍星基地的军火大多是些老掉牙的过时货，但这种塞壬式多功能诱饵弹却是其中极少数的例外之一。在被苏珊娜抛出几秒钟后，这粒小球立即分解成数以千万计的纳米诱饵机器人，然后按照预先设定的参数在几米之外聚拢、发热，形成一个与一名蹲伏着的成年人类几无二致的热能信号源。

一发炽热的离子弹立即击中了它。

3秒。

苏珊娜在心中默念了一遍这个数字——这是离子钉在内膛的磁场中生成下一发弹药所需的最短时间。她瞥了一眼针弹枪的保险，确定它已经被拨到了精确短点射的位置，随即以最快的速度从墙角一跃而出。

2秒。

苏珊娜的目光与米格尔·洛佩斯相遇了——后者正蹲坐在为离子钉供能的一排超导电池组后，动作笨拙地将一个新弹夹装进那支迷你射钉枪中。从放在其脚下的那个弹药包装盒来看，他显然并没有提前准备好备用弹夹，因此不得不费时费劲地将盒子里的散弹一发发地填进打空的弹夹——若非如此，他方才完全有机会用这件武器抢先向苏珊娜开火。

1秒。

惊讶和恼怒的目光同时从洛佩斯褐色的瞳孔中闪过。与此同时，离子钉的自动寻的系统也捕获了苏珊娜的位置。它的发射器开始在支架上缓缓转动，只待下一发弹药形成，就可以向她发出无法逃避的致命一击。

就在扣下扳机的一刹那，炽烈的强光让苏珊娜的眼前只剩下了一片黑色。

七

"他还活着吗？"

"我不知道，教授。"苏珊娜用衣袖紧紧地捂住鼻子，试图减缓塑胶材料燃烧产生的呛人烟雾钻进呼吸道的速度。由于刚刚受到的强光刺激，她的视野中仍然充满了奇形怪状的阴影与色块——幸运的是，至少那场爆炸并没对她造成什么大碍，"我必须靠近点才能看清楚。"

在几米之外，那台离子钉的残骸上的余烬尚未熄灭，它的超导电池组和自动寻的装置被炸得稀烂，扭曲的发射管歪斜着搭在被烤得漆黑的三脚架上，活像一件后现代主义艺术品：在束缚它们的磁场被针弹摧毁的瞬间，那些重获自由的高压等离子体释放出来的破坏力不仅毁掉了这件设备，也波及了它原本的主人——措手不及的米格尔·洛佩斯先是被爆炸的冲击波迎面撞了个正着，然后又被远远地抛了出去。现在，这个矮个子梅斯蒂索人就像一只断线的木偶摔在岔道之外，鲜血从他的上臂和前额的创口缓缓渗出，在地面上汇成了一道细流。

不，这里根本就没有什么地面。苏珊娜立即纠正了自己的想法。从岔道入口极目望去，映入眼帘的并不是另一条散发着诡异光芒的隧道，也不是任何房间或者厅堂。她看到的只有一片虚空，一片浸透了璀璨光芒的虚空。在这片仿佛无止境地向每一个方向延伸的空间中，唯一能被称为"地面"的，不过是一条看不到头的透明薄带。亿万条同样透明的岔道从隧道的尽头向着每一个象限、每一个方向延伸，一直通向那些静静地悬浮在这片广袤空间中的星星——假如那些明灭不定的亮点真的可以被称为"星星"的话。在这里，就连最后一丝物理法则的存在痕迹也已经消失得无影无踪，苏珊娜觉得自己仿佛可以从这里一直看到无限远的地方，周遭星星的数量是如此之多，它们分布得如此之密，以至于她完全无法辨认出任何星座或者星团，无穷无尽的群星最终汇成了一片浩渺闪烁的星海，放射着比她曾经见过的任何一种光源都更明亮、却又柔和得多的光芒。

尽管刚刚经历了一场生死攸关的战斗，但眼前的这一幕仍然在眨眼之间就吸引了苏珊娜全部的注意力：这片璀璨的星海仿佛带着传说中塞壬的魔咒，让人无法抵御凝视它的诱惑。很快，在某种难以言喻的力量的引导下，苏珊娜的注意力逐渐集中在了其中的一颗星星——或者更确切地说，在虚空中闪烁着的光点上，她的意识开始变得模糊，但同时却又变得极度亢奋而清晰，这种感觉有些像是吸食兴奋剂的结果，但却没有任何兴奋剂能让她将这个世界看得如此……透彻。在近乎病态的欣喜之中，她觉得自己仿佛无所不在、无所不知、无所不能。在这一刻，日月星辰在她面前像微不足道的沙砾一样渺小至极，就连世间万物也仿佛只是她掌握中的区区玩物。

——但这仅仅是个开始。

随着意识的不断延伸，她第一次认识到了那些星星到底是什么：它们并不是真正的恒星，也不是任何一种存在于现实中的天体，它们仅仅是通向真正宝藏的钥匙与目录——每一颗"星星"都是一个入口，通向一份数量庞大的知识目录，而每份目录又包含着成百上千的子目录、子目录的子目录，以及链接在这些目录末端的无数具体信息。苏珊娜突然意识到，这座知识之海的广阔程度其实已经远远超出了她所能理解的极限，甚至就连整个人类文明古往今来的全部成果与之相比也不过是沧海一粟。是的，这确实是一座宝藏，一座挑战人类想象极限的宝藏：它的每一个最不起眼的角落都足以让世界上最优秀的学者穷尽毕生的精力，它的一丁点儿碎片都能让一个文明获得全面而彻底的飞升，轻而易举地取得他们做梦都不敢想象的伟大成就……

"你……你也看到了……"米格尔·洛佩斯颤抖的声音突然从苏珊娜身后传来，将她从方才那种超然的兴奋中骤然拉回枯燥逼仄的现实。让她略感惊讶的是，尽管已经被失血与疼痛折磨得气息奄奄，但这位科学家仍然保持着平静的神色，"你现在知……知道这玩意儿有多诱人了吧？"

"根据《邦联紧急状态法》赋予军事人员的临时执法权，我宣布，你的人身自由现在处于暂时受限状态。"苏珊娜打开背包，翻出从"好奇号"上带来的急救包，在洛佩斯身边蹲了下来，但她很快发现，对方的伤势已经完全超出了她能够处理的范围：他的腹部就像一只被当成靶子射击的皮囊一样破了好几个大口子，脊椎在腰间盘上方折断了。超过半数的肋骨和它们保护着的脏器都遭到了重创，内出血的迹象从胸腔一直延续到腹股沟的位置——事实上，这个男人现在还能活着，本身就已经是个奇迹了。

"从现在起，你所说的每句话都将在刑事法庭上被视为证词，如果愿意的话，你可以保持沉默。"苏珊娜咬了咬嘴唇，硬着头皮说完了这段话。

梅斯蒂索人痛苦地咳嗽着，一小团半凝固的血渍从他的嘴角滴下，落在那层看不见的"地面"上。"告诉我，你凭什么逮捕我？我的罪名是什么？"他艰难地发问。

"谋杀！"苏珊娜答道，"我们有理由认为，你很可能要对镍星基地全体人员的非正常死亡负责。"

"镍星基地的全……全体人员？！"洛佩斯的嘴角露出一丝讥讽的笑容，"我看未必。"

"什么？"

"镍星基地里的人员可没有'全体'死亡，亲爱的。至少对那个谋杀他们的人而言还没有。"梅斯蒂索人露出一个诡异的微笑。接着，他冷不丁地抽出一直藏在背后的一只手，用一件闪烁着金属冷光的黑色物体指向苏珊娜的脸，"因为你还活着。"

一切都发生得极为突然，直到看清楚对方手中到底握着什么时，苏珊娜慢了一拍的脑子才意识到自己犯下了多大的错误——而她已经没有时间补救这个错误了。随着压缩空气喷出枪管的轻响，一枚尖锐的物体擦过了苏珊娜的鬓角。

爆炸。

尖叫。

焦灼的气味。

痛苦的呻吟。

"噢，天哪……吕锡安教授？！"当苏珊娜下意识地转过身去时，她的大脑几乎变成了一片空白：镍星基地的前负责人正在她身后几米远的地方痛苦地挣扎着，他的一只手被炸得粉碎，好在碳化的伤口同时也封住了创面，因此他暂时还没有失血过多之虞。一支被炸成废金属块的 P-127 迷你手枪就落在吕锡安的身边——而摧毁它的，正是由另一支相同型号的武器射出的爆破飞镖。

"没错,你还活着。"洛佩斯无力地松开了手,任由那支 P-127 手枪从他的指间滑落,"他失败了,你还活着。"一丝胜利的微笑出现在他的嘴角。

"你的意思是——"苏珊娜惊讶地看着那支被炸烂的手枪。她可以确信,吕锡安刚才像她一样没能识破洛佩斯的伪装,没有发现洛佩斯暗藏的小手枪。而这也就意味着,他显然不是为了保护她,才拿着这件武器悄悄来到她身后的。

"他想要你的命,就像他干……干掉其他人那样。"洛佩斯语气平静地说道,仿佛只是在谈论今天的天气似的,"如果不相信我的话,你可以问他。"

苏珊娜的目光回到吕锡安身上。

老人虚弱地点了点头。

"但是……为什么?"苏珊娜问道。

"因为他不希望其他人知道这个地方的存在。"洛佩斯替吕锡安回答了这个问题,"他一直试图隐藏我们的发现,但不……不幸的是,他的努力失败了。作为补救措施,他决定为基地里的所有人安排一次恰到好处的'事故'——毕竟,只有死人才能够永远保守秘密。"

"什么?!"

"这可就说来话长了。"梅斯蒂索人说道,"我倒是想知道,吕锡安先生在骗你们来这儿之前,到底都告诉了你们什么?"

"镍星基地存在的真实目的，还有关于远古文明遗产的事……"苏珊娜用力按了按自己的太阳穴，希望能把脑子里的一团乱麻稍微理清楚些，"他说是你发现了这里，但你打算独占这里的——"

"我？打算独占这里？"洛佩斯突然爆发出一阵歇斯底里的大笑，"没错，确实是我发现了这里——也只有我才能找到这里。但我唯一希望的仅仅是让这里的一切造福于人类文明！我坚信，保存在圣地中的每个比特的信息，都是全人类的共同财富！每一个人都有权利使用这种财富，而且这样的权利也应当得到保障！"

"圣地？"

"这是那些气旋对这儿的称呼——至少我认为可以翻译成这个意思。但我更愿意管它叫奥林匹斯，诸神聚会之地。"洛佩斯解释道，"你听说过周期性灾难理论吗？"

苏珊娜点了点头。她当然知道这套就像旧纪元的牛顿三定律或者墨菲定律一样广为人知的理论——它也是古老的费米悖论已知唯一的正确答案：每过数万到数百万地球年的时间，一次性质不明的大规模灾难就会横扫所有发达的文明种族，将他们打回原始状态，而人类正是在上次大劫难结束后不久发展起来的第一批幸运儿。尽管还存在着诸多不明确之处，但到目前为止，至少在邦联已经探明的宇宙空间中，这套理论都还没有受到任何挑战。

"在建造这座信息库之前，那个种族已经意识到不可抗力的灾难即将降临，他们的文明将会遭到重创。因此，他们决定将文明的火种妥善保存起来，"洛佩斯继续说道，"他们挖空了这颗行星的一颗岩石卫星，将它改造成了奥林匹斯，藏匿在这颗气态巨星的浓密云层之下，然后又为它创造出了一批冷酷无情的守卫者——那些游荡在这颗行星表面的、拥有自我意识、对一切外来者都抱有强烈敌意的气旋。但他们却未曾想到，恰恰是这些无比忠诚的守卫者为我提供了发现这里的线索！"

尽管面色已因失血过多而变得像蜡一样苍白，但洛佩斯仍然露出了骄傲的笑容——在他短暂的一生中，这或许是最令他感到自豪的成就了。重伤的他继续竭力陈述："在过去，人们习惯于将这颗行星上的气旋视为一群只有最低智力与意识的野兽，一群狡猾而冷酷无情的破坏者。但我的研究表明，这种看法并不准确：虽然大多数'新'气旋的确不太'聪明'，但那些最古老的——它们很可能直接出于这个种族的创造者之手——却像我们一样有情感、有交流的需求。我花了近一年时间窃听它们的'谈话'，最后终于通过那些语焉不详的传说确定了奥林匹斯——也就是它们所谓的圣地——的具体位置，并且亲自发现了它！"

"那你为什么不把发现告诉其他人？"苏珊娜问道。

"你忘了吗，准尉？按照邦联科学院的规定，任何与古代地外文明有关的发现都应该在第一时间上报地外文明研究委员会，在此之前则必须保密，以免遗迹失窃或者遭到破坏。"梅斯蒂索人不耐烦地摆了摆手，"但是，在我交出第一份详细报告之后，科学院却一直没有答复，随后的几份报告也全都石沉大海。这显然不对劲儿！没错，也许科学院里办事的浑蛋们都是些该死的官僚，但就算是最无可救药的官僚也不会对他们花了1000多亿信用点，并且找了10年的东西无动于衷！我原以为是通信出了问题，但那几天基地里的其他通信都没有受到任何干扰，而这意味着造成这种情况的只有一种可能——"

"没错，是我截留了那些报告。"还没等洛佩斯继续说下去，吕锡安就承认道，"在基地，只有我才有秘密检查和拦截通信的权限。"

"没……咳咳……没错……"由于过度激动，洛佩斯又一次痛苦地咳嗽起来，"准尉，我想你现在应该已经看清楚了，到底谁才打算把这里据……咳咳……为己有！在最初提交报告的努力失败之后，我又使用其他人的账户向科学院发出了同样的报告，结果还是毫无用处——他从一开始就做好了隐瞒真相的准备！"他用一只沾满血迹、不断颤抖的手指着吕锡安，"我不敢向任何人透露这一点，因为我不知道基地中有多少人和他沆瀣一气，又有多少人像他一样对奥林匹斯生出了觊觎之心。但我更不能选择袖……袖手旁观。因为我知道，他一定会在12个月的轮换期结束前设法除掉我这个知情者。

"无奈之下，我只能采取权……权宜之计：利用过去几年里分析出的语言代码，我成功地将镍星基地的位置透露给了奥林匹斯的守卫者们，并诱使它们对那里发动了进攻。当然，这种攻击远不足以摧毁基地，但我事先篡改了基地的损害评估程序，让它做出了过度夸大的损害评估报告，迫使其他人决定立即放弃基地——而在这之后，系统会将我撰写的关于奥林匹斯的详细报告以加密文件的形式发给基地的每一个人，一旦我们返回任何一颗邦联下辖的行星，这些文件就会经由你们的个人终端发送给邦联科学院！"他叹了口气，"我原以为这是个完美的计划，我原以为他绝不可能在十几个小时内阻止这一切。但我错了——为了独吞这里的财富，几十条人命对他而言根本不算什么！"

"我不否认这些指控，"吕锡安语气平静地答道，"只有一点除外：我之所以这么做，并不是因为贪婪——我只是在履行自己的职责。"

"荒谬！"洛佩斯大喊。

"荒谬？"老人用仅存的一只手支撑着身下看不见的"地面"，艰难地坐了起来，"你说荒谬？米格尔，难道你忘记了我们的职责是什么吗？没错，我们确实曾经发过誓，要尽一切努力为科学的进步做贡献。但我们的首要使命是帮助人类文明规避风险——尤其是那些披着诱人的伪装，但却可能让我们遭受灭顶之灾的致命陷阱！"

"灭顶之灾？"苏珊娜下意识地咬了咬嘴唇，"可这里只有——"

"没错，这里只有海量的知识，以及搜索与使用这些知识的方法——我必须承认，这是人类历史上最大的一笔财富。"吕锡安神色凝重地遥望着四周的星海，用诵经般低沉的声音缓慢地说，"但它同样也可以成为致命的毒药。"

"危言耸听！"洛佩斯愤怒地啐了一口带有血丝的唾沫。

"是吗？"吕锡安问道，"你会把一支打开保险的爆能步枪交到一个 3 岁孩子的手上，然后告诉他该怎么扣下扳机吗？当然不会！他随时都有可能为了一颗泡泡糖就轰掉自己朋友的脑袋，或者把逼着他睡觉的母亲射个对穿！在旧纪元里，整个人类文明曾经在链式反应原理发现后的一个多世纪中一直处于自我毁灭的边缘，仅仅是因为他们中的大多数个体仍然保留着 19 世纪的思维方式，而储存在这里的知识领先我们现有水平的程度比区区一个世纪要多得多——只要我们成功地运用了其中的哪怕百分之一，交给 800 亿个 3 岁孩子的，就不只是一支步枪，而是不需密码就能随时使用的核按钮！"

"但孩子总……总会长大的，"洛佩斯说道，"知识可以推动文明的发展——"

"但知识并不等于智慧！"他的前上司打断道，"你可以告诉一群石器时代的食人族怎么冶炼金属、制造工具，但这并不会立即让他们成为文明人——你只会让他们从拿着石斧的食人族变成拿着铁斧、杀人效率更高的食人族！你们难道真的相信，那些花费巨资赞助我们研究工作的大企业会妥善地使用这些知识？或者邦联政府能够在如此诱人的财富面前做出真正理智的决定？不，他们根本做不到，就像鱼缸里的金鱼永远无法拒绝鱼饵一样！只需要一次利令智昏的错误决策，整个人类文明就会万劫不复！"

"但并不是所有人都像那样……"

"没错，确实有那么一些人——那些最睿智的科学家、哲学家和思想家——有可能知道该如何面对这笔危险的财富，但别忘了，邦联可不是柏拉图的理想国！只要认真分析邦联的行政与立法机关在过去的决策模式，我们就不难发现，他们在奥林匹斯问题上做出错误决策的概率几乎是百分之百！"吕锡安叹了口气，"我的祖先有一句老话：三人不能守密，二人谋事一人当殉。我并不希望伤害任何人，但不幸的是，事关人类文明的生死存亡，我没有别的选择。"

"也许你是……是对的……"在沉默良久之后，洛佩斯艰难地开口道，"也许不是，但这些都不重要。现在，决定一切的不是你，也不……不是我。"他将视线转向苏珊娜，"准尉，现在只有一……一个人能够决定奥林匹斯的归属。"

"我知道。"苏珊娜紧张地绞着手指，"我知道。"

"所以你必须相信我！"吕锡安说道，"没错，我对你撒了谎。但我对奥林匹斯的评估是绝对正确的——它最好的归宿就是继续在这里待上一万年！相信我，人类有能力自己闯出一条路来，我们不需要这些危险的馈赠——"

"我相信你，"苏珊娜迟疑地说道，"我当然相信你。但我必须履行我的职责——作为太空军的人，我有义务向上级如实报告我在任务中的一切所见所闻。很抱歉，教授。"

在他的一生中，洛佩斯最后一次露出了笑容——这是一个无力却满意的微笑。接着，那双黑色眼睛里的光芒暗淡了下来。

"我们走吧，"苏珊娜朝吕锡安伸出一只手，"这里的事已经结束了。"

"结束了？我看没有。"老人说道，"你可以坚持你的职责，准尉，但我也有我的责任，"他用烧焦的右手指了指不远处的一颗"星星"，"请把我带到那个信息节点上去。我想，你应该不会反对我采取某种折中方案吧？"

八

它要找的东西就在那里。

尽管没有任何可以感知光线的视觉器官，也不存在真正意义上的听觉、嗅觉或者触觉，但它仍然轻而易举地捕捉到了那颗从远方的地平线上冉冉升起的岩石卫星的踪迹：在气态巨星表面一片嘈杂的背景辐射之中，这颗岩石圆球就像一个袖珍黑洞，贪婪地吸收着它能够触及的一切能量，无论它们的载体是无线电、微波、可见光，还是别的什么东西。它知道，这些零散的能量将在短暂的转化过程之后变成这颗人造天体能源的一部分，从而为推动它继续加速，并为最终摆脱行星引力提供源源不断的动力。

与那些更多地依靠本能行事的晚辈不同，它很清楚自己从何而来，也知道自己存在的意义：作为它们的造物主在这颗行星上留下的第一批作品之一，它从"诞生"的那一刻起，就与造物主最宝贵的财产——那座承载着文明精华的圣地紧紧地联系在一起。在长达百万年的光阴中，它日复一日地在整颗行星的表面巡逻，耐心地守护着这个秘密，用一场又一场"意外"将那些误入此地的入侵者埋葬在层层彤云下的液氢海洋之中。

但这次却是个例外。

作为所有守卫者中最年长、最睿智的一个，它在数百千米之外就已经发现了那架正在飞离大气层顶端的穿梭机——在过去，仅仅是发现这样的一架飞行器就足以唤起它最强烈的攻击欲望，但现在，它所感到的却只有……茫然。它曾经是一名忠心耿耿的卫士、一位无比虔诚的仆人，但它所守卫、所侍奉的东西却在不久之前不复存在了。通过与造物主遗产之间的联系，它可以感同身受地了解到在那里发生的一切：五个制造了这种飞行器的生物——都是这个宇宙中最常见、数量最多的中等体型的碳基生命体——在不久之前进入了圣地，其中的三个死于某些因为它无法理解的原因而发生的相互攻击中，另一个则留了下来。但出乎它意料之外的是，这个选择留下的个体竟然成功地启动了造物主设置的最后防御措施：随着这道措施被激活，圣地将会在几百个时间单位内离开原有的藏身之地，进入这个恒星系中唯一的一颗主序星内部。在那之后，除了造物主自己，将再无人能够触及这座伟大的宝库。

当然也包括造物主的子孙们。在"目送"着圣地消失在黑暗的星际空间中的同时，它哀伤地思考着在离去之际，造物主曾向它透露过他们处心积虑创建这一切的真正目的：为熬过某场必将到来的大劫难的后代，保存文明复兴的火种。但时至今日，造物主所预言的劫难早已过去，但它却从未见到它所等待的那些人——他们是被那场劫难消灭了吗？抑或是已经放弃了返回这里的努力？它不知道，也无从知道。

在一阵愤怒的呼啸中，它带着无数疑问离开了这里。这些问题已经困扰了它千万年之久，而在今天之后，直到它望不到边的生命最终走到尽头之前，它仍然会为此继续困扰下去。

它只知道，它的职责于焉终结。

"这里是镍星基地穿梭机 Ns-06'好奇号'，我是一级飞行准尉苏珊娜·塞尔。我已离开行星洛希极限。穿梭机状态良好，补给品储备充足，机上人员只有我本人，暂无生命危险。"苏珊娜清了清喉咙，又补充了一句，"没有发现其他幸存者。"

"收到，塞尔准尉，我们正在确定你的位置。"远在半个秒差距之外的救援船船长用公事公办的语气说道——对他而言，这仅仅是又一次寻常的救援任务，就像他平时执行的所有同类任务一样毫无特别之处，"请尽可能不要离开现在的位置，我们将在 18 个标准时后赶到。还有别的情况要报告吗？"

苏珊娜下意识地抿紧了嘴唇，片刻后回答道："不，没有了。我会直接向邦联科学院提交报告，通信完毕。"

虽然"好奇号"的座舱风挡拥有自动屏蔽过量光辐射的功能，但当苏珊娜从控制面板上重新抬起目光时，她的视网膜仍然被涌入瞳孔的强光刺得一阵发痒。尽管隔着两个半天文单位的距离，但 MG77581A3 绕转的那颗 A3 型主序星的亮白色光辉仍然占据了她的大半个视野。在一片光芒中，奥林匹斯化成的细小黑点正渐渐沉入恒星稀薄而炽热的光球层中，看上去就像是坠入一桶铁水中的一粒微尘。苏珊娜知道，她的三位同事就长眠于这粒尘埃之中——他们都是忠于职守的好人，但却极其讽刺地死于彼此之手，而她的另一位同事与合作伙伴现在很可能仍然活着。按照吕锡安的说法，即便是炽热的恒星，也奈何不了保护着奥林匹斯的古老技术，用不了多久，他就会成为人类历史上第一个活着进入恒星核心的人，并在那里度过自己的余生。

"折中方案"——吕锡安教授用这个词来描述他的决定，而他之所以这么做，仅仅是因为他不愿意放弃自己的职责。苏珊娜很清楚，即便在厚达数万千米的炽热恒星物质庇护下，奥林匹斯落入人类之手仍然只是时间问题：不是现在，也不是几年或者十几年之后，但终有一日，会有人找出克服障碍的办法，到那时，奥林匹斯的秘密仍将会毫无保留呈现在每个有意于利用它的人面前。她只能祈祷，届时的人类已经足够成熟，足以甄别出隐藏在这座宝藏中的危险。

"那就这样吧……"苏珊娜叹了口气，抱起放在一旁的折叠式睡袋离开了驾驶舱。在成为全邦联所有媒体聚光灯下的宠儿之前，她还有 18 个小时不受打扰——这或许是她这辈子里最后的一段清闲时光了。

"该死的，我算是受够了……"她嘟哝着钻进了睡袋。

两秒钟后，穿梭机的电脑发现驾驶舱里已经空无一人，于是它忠实地执行自己的职责，放下风挡后的遮光板，然后把舱内的灯光关掉了。

失去的瑰宝 / 王晋康

二泉映月

　　2050 年 12 月，我离开设在月球太空城的时空管理局，回家乡探望未婚妻栀子。那天，正好是阿炳先生逝世百年纪念日，她在梵天音乐厅举行阿炳二胡曲独奏音乐会。阿炳是她最崇敬的音乐家，可以说是她心目中的神祇。舞台背景上打出阿炳的画像，几支粗大的香柱燃烧着，青烟在阿炳面前缭绕。栀子穿着紫红色的旗袍走上台，焚香礼拜、静思默想后操起琴弓。《二泉映月》的旋律从琴弓下淙淙地淌出来，那是穷愁潦倒的瞎子阿炳在用想象描绘无锡惠泉山的美景，月色空明，泉声空灵，白云悠悠，松涛阵阵。这是天籁之声，是从大自然最深处流出来的净泉，是人类心灵的谐振。琴弓在飞速抖动，栀子流泪了，观众也流泪了。当最后一缕琴声在大厅中飘散后，台下响起暴雨般的掌声。

　　谢幕时，栀子仍泪流满面。

　　回到家，沐浴完毕，我搂着栀子坐在阳台上，聆听月光的振荡、风声的私语。我说："祝贺你，你的演出非常感人。"栀子还沉浸在演出时的情绪激荡中，她沉沉地说："是阿炳先生的乐曲感人。那是人类不可多得的至宝，是偶然飘落人间的仙音。著名指挥家小泽征尔在指挥《梁祝》时是跪着指挥的，他说，这样的音乐值得跪着去听！《二泉映月》何尝不是如此呢！阿炳一生穷愁潦倒，但只要有一首《二泉映月》传世，他的一生就值了！"

栀子的话使我又回到音乐会的氛围，凄楚优美的琴声在我们周围缭绕。我能体会到她的感受，因为我也是《二泉映月》的喜爱者之一，我们的婚姻之线就是这首乐曲串联起来的。

栀子喜爱很多二胡名曲，像刘天华的《良宵》《烛影摇红》《光明行》《空山鸟语》等，但对阿炳的琴曲更有近乎痛惜的怜爱。为什么？因为它们的命运太坎坷了。它们几乎湮埋于历史的尘埃中，永远也寻找不到。多亏三位音乐家以他们对音乐的挚爱，以他们过人的音乐直觉，再加上命运之神的眷顾，才在阿炳去世前三个月把它们抢救下来。

这个故事永远珍藏在栀子心中。

1949 年春天，经音乐大师杨荫浏的推荐，另一著名音乐家储师竹（民乐大师刘天华的大弟子）收了一位年轻人黎松寿做学生，历史就在这儿接合了。一次，作为上课前的热身，学生们都在随便拉着一段曲子。在杂乱的乐声中，储师竹忽然对黎松寿说："慢着！你拉的是什么曲子？"

黎松寿说："这段曲子没名字，就叫瞎拉拉，是无锡城内的瞎子乐师阿炳在街头卖艺时常拉的。我与阿炳住得很近，没事常听，就记住了。"储师竹让其他人停下，说："你重新拉一遍，我听听。"

黎松寿凭记忆完整地拉了一遍，储师竹惊喜地说："这可不是瞎拉拉！这段乐曲的功力和神韵已达炉火纯青的境界，是难得一见的瑰宝呀！今天不上课了，就来聊聊这位阿炳吧！"恰巧，同在本校教书的杨荫浏过来串门，便接上话题聊起来。阿炳原名华彦钧，早年曾当过道观的住持。他天分过人，专攻道教音乐和梵乐，各种乐器无不精通。但阿炳生活放荡，30岁时在烟花巷染病瞎了眼，又染上大烟瘾，晚年生活极为困苦。一位好心女人董彩娣收留了他，每天带他去街上演奏，混几个铜板度日。

两位音乐家商定要录下阿炳的琴曲。1950年9月，他们带着一架钢丝录音机找到阿炳。那时，阿炳已经久未操琴。三年前，一场车祸毁了他的琵琶和二胡，当晚老鼠又咬断了琴弓，接踵而来的异变使阿炳心如死灰，他想大概是天意让自己离开音乐吧。客人的到来使他重新燃起希望，他说："手指已经生疏了，给我三天时间让我练一练。"客人从乐器店为他借来二胡和琵琶，三天后，简陋的钢丝录音机录下了这些旷世绝响。主要包括：

. 二胡曲：《二泉映月》《听松》《寒春风曲》。

琵琶曲：《龙船》《昭君出塞》《大浪淘沙》。

阿炳对他的演奏很不满意，央求客人让他练一段再录，于是，双方约定当年寒假再来。谁料，三个月后阿炳即吐血而亡！这6

首曲子便成了阿炳留给人类的全部遗产。

栀子说："何汉，每当回忆起这段史实，我总有胆战心惊的感觉。假如黎松寿不是阿炳的同乡，假如他没有记住阿炳的曲子，假如他没在课堂上拉这段练习曲，假如储师竹先生没有过人的鉴赏力，假如他们晚去三个月……太多的假如啊，任一环节出了差错，这些人类瑰宝就将永远埋没于历史长河中，就像三国时期嵇康的《广陵散》那样失传。失去《二泉映月》的世界将是什么样子？我简直难以想象。"

栀子说："这6首乐曲总算保存下来，可是另外的呢？据说阿炳先生能演奏300多首乐曲，即使其中只有十分之一是精品，也有30首！即使只有百分之一是《二泉映月》这样的极品，也还有2首！可惜它们永远失传了，无可挽回了。"

栀子微微喘息着，目光里燃烧着痴狂的火焰，她说："何汉，你会笑话我吗？我知道自己对阿炳的曲子简直是病态的痴迷，那些都已成为历史，不能再改变，想也无用。可是，只要一想到这些丢失的瑰宝，我就心痛如割。这么说吧，假如上帝说，可以用你的眼睛换回其中一首，我会毫不犹豫地剜出自己的眼珠……"

"不要说了，栀子，你不要说了，我决不会笑话你，我已经被你的痴情感动了。可是，你知道吗？"我犹豫地、字斟句酌地说，"那些失去的乐曲并不是没法子找回来。"

"你说什么？你说什么？"

"我说，我可以帮你找到那些失落的瑰宝。只是我做了之后，恐怕就要失业了，进监狱也说不定。你知道，时空管理局的规则十分严格，处罚起来严厉无情。"

栀子瞪大眼睛望着我，然后激动地扑入我的怀中。

我们选择了1946年，即阿炳还没有停止拉琴的那个时期。抗日战争刚刚结束，胜利的喜悦中夹杂着凄楚困苦。惠山寺庙会时人头攒动，到处是游人、乞丐、小贩、算命先生。江湖艺人在敲锣打鼓、翻筋斗、跳百索、立僵人，地摊上摆着泥人大阿福。我们在庙会不远处一条小巷里等待，据我们打听的消息，阿炳常在这一带卖艺。小巷里铺着青石板，青砖垒就的小门洞上爬着百年紫藤，银杏树从各家小院中探出枝叶。我穿着长袍，栀子穿着素花旗袍，这都是那时常见的穿着。不过，我们总觉得不自在。行人不经意扫过来一眼，我们就认为他们已看穿了我们时间旅行者的身份。

阿炳来了。

他的琴声从巷尾涌来。是那首《听松》，节奏鲜明，气魄宏大，多用老弦和中弦演奏，声音沉雄有力。片刻之后，两个身影在拐角出现，前边是一位中年女人，穿蓝布大襟上衣，手里牵着阿炳长袍的衣角，显然是他的夫人董彩娣。阿炳戴着墨镜和旧礼帽，肩上、背上挂着琵琶、笛子和笙，一把二胡用布带托在胯部之上，边走边拉，这种行进中的二胡演奏方式我还是头一次见到。

阿炳走近了，我忙拉过栀子，背靠砖墙，为俩人让出一条路。董彩娣看了我们一眼，顺下目光，领阿炳继续前行。阿炳肯定没感觉到我们的存在，走过我们面前时，脚步没一点儿凝滞。

他们走过去了，栀子还在呆望着。对这次会面，她已在心中预演过千百遍，但真的实现了，她又以为是在梦中。我推推她，她才如梦初醒。我们迅速赶过阿炳，在他们前边的路侧倒行着，把激光录音头对准阿炳胯前的琴筒。阿炳的琴声连绵不断，一曲刚了，一曲接上，起承时流转自然。我们在其中辨识出了《二泉映月》《寒春风曲》，也听到了琵琶曲《龙船》《昭君出塞》《大浪淘沙》的旋律，但更多的是从未听过的琴曲。我未听过，作为专业演奏家的栀子也没听过。我还发现一个特点，阿炳的马尾琴弓比别人的都粗，操弓如云中之龙，夭矫多变，时而沉雄，时而凄楚，时而妩媚，而贯穿始终的基调则是苍凉高远。栀子紧盯着阿炳的手，已物我两忘。

即使是我们熟悉的《二泉映月》，听先生本人的演奏也是别有风味。留传后世的那次演奏是粗糙的钢丝录音，无法再现丰富的低音域，再说，那时的阿炳也不在艺术生涯的巅峰。唯有眼前的演奏真实表现了先生的功力。我看见栀子的嘴唇颤抖着，眼眶里盈满了泪水。

整整一天，我们像导盲犬一样走在先生前面。阿炳先生没有觉察，董彩娣常奇怪地看看我们，不过，她一直没有多言。街上的行人或闲人笑眯眯地看着阿炳走过去，他们已见惯不惊了，不知道自己聆听的是九天之上的仙音。不时有人扔给董彩娣几个零钱，她会恭顺地接过来，低眉问好。有时，阿炳在某处停一会儿，但仍是站着演奏，这时，周围就聚起一个小小的人群。听众多是熟悉阿炳的人，他们点名要阿炳拉哪首曲子，或换用哪种乐器。演奏后，他们的赏钱也稍多一些。

夕阳西斜，董彩娣拉着丈夫往回走，青石板上拖着长长的影子。我和栀子立即赶回时间车，用整整一夜的时间重听录音并做出统计。今天阿炳先生共演奏了 270 首乐曲，基本包括他的全部作品了。据栀子说，它们几乎个个都是精品，而且其中至少有 15 首是堪与《二泉映月》媲美的极品！栀子欣喜得难以自禁，深深地吻我。她激动地说："汉，知道你对人类做出了多大的贡献吗？储师竹、杨荫浏先生只录下 6 首，我们录下 270 首呀。"

我笑道："那你就用一生的爱来偿还我吧。咱们明天的日程是什么？要尽量早点儿返回。不要忘了，我们是未经批准的时间偷渡者。"

栀子说："明天再去录一次，看看先生还有没有其他作品。更重要的是，我想让阿炳先生亲自为他的乐曲定出名字。汉，我真想把阿炳先生带回现……"

我急忙说："不行，绝对不行，连想也不能想。别忘了你出发前对我的承诺！”

栀子叹口气，不说话了。

第二天，春雨淅淅，我们在街上没等到先生，便辗转打听，来到先生的家。一座破房，门廊下四个孩子在玩耍，他们是董彩娣前夫的孩子，个个衣衫褴褛、浑身脏污。董彩娣不在家，孩子们说她“缝穷”去了（给单身穷人做针线活）。阿炳先生坐在竹椅上，仍戴着墨镜和礼帽，乐器挂在身后的墙上，似乎随时准备出门。他侧耳听我们进屋，问：“是哪位贵客？”

栀子趋步上前，恭恭敬敬地鞠躬，说：“阿炳先生，我们把你昨天的演奏全录下来了，请你听听，告诉我们每首曲子的曲名，好吗？”

不知先生是否听懂她的话意，他点头说：“好呀好呀。”栀子打开激光录音机，第一首先放《二泉映月》，她想验证一下阿炳会给它起什么名字。凄楚优美的琴声响起，清晰真切，带有强烈的穿透力。阿炳先生浑身一颤，侧耳聆听一会儿，急迫地问：“你们哪位在操琴？是谁拉得这么好？”

栀子的泪水慢慢溢出眼眶：“先生，就是你呀，这是你昨天的录音。”

原来，阿炳先生没听懂栀子刚才的话，他还不知道什么是录音。栀子再次做了解释，把录音重放了一遍，阿炳入迷地倾听着，被自己的琴声感动了。四个孩子挤在门口，好奇地望着栀子手中能发出琴声的小玩意儿。一曲既毕，栀子说："阿炳先生，这是你的一首名曲，它已经……"她改了口，"它必将留传千秋后世。请你给它定出一个正式名字吧。"

阿炳说："姑娘——是小姐还是夫人？"

"你就喊我栀子姑娘吧。"

他苍凉地说："栀子姑娘，谢谢你的夸奖，我盼知音盼了一辈子，今天才盼来啦。有你的评价，我这一生的苦就有了报偿。这首曲子我常称它'瞎拉拉'，若要起名字，就叫……'二泉月冷'吧。"

栀子看看我。"二泉月冷"与"二泉映月"意义相近，可以想见，阿炳先生对自己每首曲子的意境和主旨是心中有数的。栀子继续播放，现在播放的是她挑出的15首极品中的一首，乐曲旷达放逸，意境空蒙辽远，栀子问："这一首的名字呢？"

阿炳略为沉吟："叫'空谷听泉'吧。"

我们一首一首地听下去，阿炳也一首首给出曲名："山坡羊""云海荡舟""天外飞虹"等。雨越下越大，董彩娣回来了，看来，她今天出门没揽到活计。她站在门口惊奇地看着我们俩，我们窘迫地解释了来意。她不一定听得懂我们的北方话，但她宽厚地笑了笑，坐到了丈夫身边。

我俩和阿炳先生都沉浸在音乐氛围中，没注意到阿炳妻子坐立不安的样子。快到中午了，她终于打断阿炳的话头，附在他耳边轻声说着什么。栀子轻声问："她在说什么？"

我皱着眉头说："似乎是说中午断粮，她要把琵琶当出去，买点儿肉菜招待我们。"

栀子眼眶红了，急急掏出钱包："先生，我这儿有钱！"她肯定突然想起人民币在那时不能使用，又急忙扯下耳环和项链："这是足金的首饰，师母请收下！"

我厉声喝道："栀子！"

栀子扭回头看看我，这才想起出发前我严厉的嘱咐。她无奈地看看阿炳夫妇，泪水夺眶而出。她忽然朝阿炳跪下，伏地不起，肩膀猛烈地抽动。

董彩娣惊慌地喊："姑娘，你别这样！"她不满地看看我，过去拉栀子，"姑娘，我不会收你的金首饰，别难过，快起来！"

我十分尴尬。无疑，董彩娣把我当成吝啬而凶恶的丈夫了，但我唯有苦笑。阿炳先生也猜到了眼前发生的事，把妻子叫过去低声交代着，让她到某个熟人那儿借钱。趁这当儿，我急忙扯起栀子离开这里，甚至没向阿炳夫妇告别。

栀子泪水汹涌，一直回望着那座破房。

这趟旅行之前，我曾再三向栀子交代："时间旅行者不允许同异相时空有任何物质上的交流。这项规定极为严厉，是旅行者必须遵守的道德底线。你想，如果把原子弹带给希特勒，把猎枪带给尼安德特人，甚至只是把火柴带给蓝田猿人……历史该如何震荡不已！可是，'这一个'历史已经凝固了，过度剧烈的震荡有可能导致时空结构的大崩溃。"

那时，栀子努着嘴娇声说："知道啦，知道啦，你已经交代 10 遍了。"

"还有，与异相时空的信息交流也不允许——当然少量的交流是无法避免的，咱们回到过去，总要看到听到一些信息。但要绝对避免那些对历史进程有实质性影响的信息交流！比如，如果你告诉罗斯福，日本将在 1941 年 12 月 7 日发动珍珠港袭击；或者告诉三宝太监郑和在他们航线前方有一个广袤的大陆……"

栀子调皮地说："这都是好事嘛，要是那样，世界肯定会更美好。"

"不管是好的剧变，还是坏的剧变，都会破坏现存的时空结构。栀子，这事开不得玩笑。"

栀子正容地说："放心吧，我知道。"

回到时间车里，栀子啜泣不已，我柔声劝慰着："看着阿炳先生挨饿，我也很难过，但我们确实无能为力。"栀子猛然抬起头，激动地说："这样伟大的音乐家，你能忍心旁观他受苦受难，四年之后就吐血而死？汉，我们把阿炳先生接回 2050 年吧！"

我吃了一惊，呵斥道："胡说！我们只是时间旅行者，不能改变历史。需要改变的太多了，你能把比干、岳飞、凡·高、耶稣都带回到现代？想都不能想。"我生气地说，"不能让你在这儿再待下去了，我要立即带你返回。"

栀子悲伤地沉默了很久，才低声说："我错了，我知道自己错了。当务之急是把这270首乐曲带回去，只要这些音乐能活下去，阿炳先生也会含笑九泉的。"

"这才对呢，走吧！"

我启动了时间车。

一辆时空巡逻车在时空交界处等着我们，局长本人坐在车里。他冷冷地说："何汉，我很失望，作为时空管理局的职员，你竟然以身试法，组织时空偷渡。"

我无可奈何地说："局长，我错了，请你严厉处罚我吧！"

局长看看栀子："是爱情诱你犯错误？说说吧，你们在时间旅行中干了什么。"

他手下的警察在搜查我的时间车。我诚恳地说："我们没有带回任何东西，也没有在过去留下任何东西。我的未婚妻曾想将首饰赠予阿炳夫妇，被我制止了。"

"这台录音机里录了什么？"

我知道得实话实说："局长，那是瞎子阿炳失传的270首乐曲。"

局长的脸唰地变白了："什么？你们竟然敢把他失传的乐曲……"

栀子的脸色比局长更见惨白："局长，那是人类的瑰宝啊！"

局长痛苦地说："我何尝不知道。栀子姑娘，我曾多次聆听过你的演奏，也对阿炳先生十分敬仰。但越是这样，我越不能宽纵。时空禁令中严禁'对历史进程有实质性影响的信息'流入异相时空，你们是否认为，阿炳先生的270首乐曲是微不足道的东西，对历史没有实质性影响？"

我哑口无言，绝望地看看栀子。栀子愣了片刻，忽然说："算了，给他吧！局长说得有道理，给他吧！"

我很吃惊，不相信她肯这么轻易地放弃她心中的圣物。栀子低下头，避开我的目光，但一瞥之中我猜到了她的心思：她放弃了录音带，放弃了阿炳先生的原奏，但她已把这些乐曲深深镌刻在脑海中了。270首乐曲啊，她在听两遍之后就能全部记住？不过，我想她会的，因为她已经与阿炳先生的音乐融为一体，阿炳的灵魂就寄生在她身上。

局长深感歉然："何汉，栀子小姐，我真的十分抱歉。我巴不得聆听阿炳的新曲，我会跪在地上去听——但作为时空管理局的局长，我首先得保证我们的时空结构不会破裂。原谅我，我不得不履行自己的职责。"他命令两个警察，"带上栀子小姐和她的激光录音机，立即押送到时空监狱。我知道那些乐曲还镌刻在栀子小姐的大脑中，我不敢放你进入'现在'。"

我全身的血液一下子流光了，震惊地望着局长。时空监狱——这是令人毛骨悚然的地方。它的时空地址是绝顶机密，没人知道它是在2万年前还是10万年后。人们只知道，时空监狱只用来对付时空旅行中的重犯，凡是到那儿去的人从此音信全无。局长不忍心看我，转过头说："请栀子小姐放心，我会尽量与上层商量，找出一个妥善的办法，让栀子小姐早日出狱——实际上，现在就有一个通融办法：如果栀子小姐同意做一个思维剔除术，把那部分记忆删去，我可以马上释放你。"

栀子如石像般肃立，脸色惨白，目光悲凉，决绝地说："我决不会做思维剔除术，失去阿炳先生的乐曲的话，我会生不如死。走吧，送我去时空监狱。"

我把栀子搂入怀中，默默地吻她，随后抬起头对局长说："局长，我知道你的苦衷，我不怪你。不过，请你通融一下，把我和栀子关到一个地方吧。"

栀子猛然抬头，愤愤地喊："何汉！"她转向局长，凄然地说，"能让我们单独告别吗？"

局长叹了口气，没忍心拒绝她。等局长和两名警察退离后，我说："栀子，不要拒绝我。没有你，我活着还有什么趣味？"

栀子生气地说："你真糊涂！你忘了最重要的事！"她变了，一个多愁善感的小女人顷刻之间变得镇静果断。她盯着我问："你也有相当的音乐造诣，那些乐曲你能记住多少？"

"可能……有四五首吧，都是你说的极品，它们给我的印象最深。"

"赶紧回去，尽快把它们回忆出来，即使再有一首能流传下去，我……也值了。去吧，不要感情用事，那样于事无补。"

我的内心激烈地斗争着，不得不承认她的决定是对的。

"好吧，我们分开后，我会尽量回忆出阿炳的乐曲，把它传播出去。然后，我会想办法救你出狱。"

栀子带泪笑了："好的，我等你——但首先要把第一件事干好。再见！"

我们深情吻别。我目送栀子被带上时空巡逻车，一直到它在一团绿雾中消失。

人人都爱查尔斯 /宝树

虚拟世界中的沉醉

一

他进入了太空，宛如获得自由的鱼儿跃入了水中。

透过"飞马座号"的舷窗向下看去，最初是灰色的城市和棕色的小镇，然后是绿色的农田和黄色的沙漠，很快一切都被白茫茫的云海覆盖。等他钻出云海，已经在太平洋上空，世界变成了一个蔚蓝色的曲面，隐约显出巨大的球体轮廓，北美大陆是天边一线，亚洲隐藏在弯曲的海天线下面，整个地球被裹在一层朦胧的光晕中，那是大气层。而在他头顶，点点星光已经从暗黑色的天穹露出头。随着引力的减弱，他感到了失重，虽然身体被牢牢固定在座椅上，但是仍然感到自己在飘浮着。飞行器仿佛翻了个儿，太平洋的无尽海水悬在他头顶，而身下是黑暗的无底深渊，让他有一种错觉，觉得自己不是在太空，而是安睡在大海的底部，一切显得恬静而悠远。有那么几秒钟，查尔斯·曼觉得自己是世界上最远离尘嚣的人，似乎可以永远就这样飘荡在地球之外的空间里，融入大自然的高远纯净。

但他很快想起来，不，应该说他一直都知道，这是一个不可实现的幻想，整个世界都在看着他，至少有10亿人在观看他的"直播"。"飞马座号"正在世界最高规格的航天飞行大赛——跨太平洋锦标赛之中。现在飞船正在大气层外以9.7马赫的高速射向太平洋西岸，目的地——日本东京。

像弹道导弹一样，参加比赛的飞行器往往在飞行中途进入太空，以便最大限度减少空气阻力。在太空中，为节省燃料，飞行器基本依靠惯性飞行，重新进入大气层后才会启动发动机。因此有那么几分钟，查尔斯悠闲自在地观赏着窗外的蓝色星球，听着座舱里的爵士乐，甚至发布了一条脑写的"维博"：

"我感到自己离地球前所未有的远，在这一刻，'我'的存在，世界和我，变成了相对的两极，我就是我，不再是地球上芸芸众生的一份子，而是孤独的宇宙流浪者……"

"飞马座号"的电脑屏幕上清楚地显示出了他的位置，他大约在阿留申群岛上空，一大队蓝色光点正从星星点点的岛屿上空向西移动，一个醒目的红点在它们前列——正是"飞马座号"。他的背后有100多架飞行器，前面有3架，"飞马座号"排在第四，还算不错，但还不足以取得名次。最前面的飞行器已经在100多千米外，排第三的那架离他也有10多千米。似乎是为了提醒他，背后一架银白色的飞碟迅速接近，很快从只有 300 多米的近处悠然掠过他的左面，像一颗流星那样划过。那是乔治·斯蒂尔的"仙女座号"。

"查尔斯，今天怎么不行了？"通话频道中传来斯蒂尔的讥笑，"泡妞花的时间太多了吧？"

"乔治，我只是在休息，欣赏欣赏太空美景，对我来说，比赛尚未开始。"

"恐怕对你来说，比赛已经结束了，伙计。"乔治反唇相讥。

"不，比赛现在刚刚开始。"查尔斯冷冷地说，接着按下了一个按钮。

骤然间，"飞马座号"抛掉了整个尾部，宛如蜕皮新生的蝴蝶。新露出的尾部喷管中吐出蓝色的强光，标志着核聚变发动机启动了！查尔斯感到了加速效应，有一股力量压着他，让他几乎喘不过气来，这种熟悉的感觉却让他热血沸腾。减轻了一小半重量之后，"飞马座号"的速度短时间内提升了 2.2 个马赫，轻松地反超了"仙女座号"。

"嘘！"查尔斯吹了一声口哨。

"这不可能！你怎么可能有……12 马赫的速度！"

"东京见，乔治。"查尔斯说，"如果你的小飞碟能撑到那里的话。千万别掉海里，我可不想在庆祝酒会上的生鱼片里吃到你的戒指。"他知道上亿人都通过广播听到了这句俏皮话，嘴角泛起得意的微笑。

似乎为了印证他的预言，身后的"仙女座号"颤抖起来，显示出自己已经达到速度的极限，但它仍加速了一小段，进行了一番绝望的尝试，最后不得不放弃。

"你等着吧，查尔斯，总有一天……"乔治在电波里气急败坏地叫喊着。

查尔斯大笑着，风驰电掣，飞向前方，核聚变发动机全力运转着，将飞行器的速度推向顶峰。

"卡伦斯基！哈米尔！田中！游戏开始了！"

以梦幻般的速度，"飞马座号"超过了一架又一架飞行器，很快重新进入大气，启动了防护罩。空气在它周围燃烧起来，"飞马座号"宛如灿烂的火流星划过太平洋的天空，落向日本列岛。

在离东京不远的海上，"飞马座号"最后超过了田中隆之的"天照号"。为了安全降落，"天照号"不得不在离东京还很远的时候就开始减速，而"飞马座号"却嚣张地没有减速，从"天照号"的头顶飞过去，然后飞过了东京上空。

"查尔斯，你去哪里？再不停下来就要飞到西伯利亚了！"耳机里传来教练的警告。

但查尔斯在飞过东京后才开始全力减速，绕了一个圈子再飞回来，仍然赶在"天照号"之前降落在东京奥林匹克体育场的草坪上。查尔斯看到，满场的观众都起身为他鼓掌欢呼。

"查尔斯，恭喜你蝉联了冠军！"教练在耳机里说，"颁奖仪式将在一个小时以后举行，你准备一下致辞吧。"

"你代我领奖好了，"查尔斯说，"我还有一个浪漫的樱花约会。"

"别耍性子，这次是爱子天皇亲自颁奖！晚上还有日本读者的见面会，你要赏樱花，明天我们会安排的。"

"我对这些没兴趣，"查尔斯大笑，"仓井雅在等我。"

"查尔斯，你实在是太……"

然而"飞马座号"已经再度起飞，在众目睽睽之下升到高空中，消失在东京的高楼广厦间。

二

突如其来的微微刺痛让宅见直人睁开眼睛，有好半天他都没反应过来自己身在何处。这是他的房间，只有七八平方米，一张榻榻米就占了一半，另一半是一张电脑桌，没有别的家具，不过他需要的也就只是这两样东西。

直人坐起身来，才意识到自己已经有七八个小时躺在床上，膀胱憋得有点儿发疼。许久没有进食，血糖已经低到了危险的程度，所以手腕上的健康监测仪才会报警，如果再不吃点儿东西，健康监测仪就会断定他已经昏迷，直接向附近的医院发出求救信号。

　　直人去厕所撒了泡尿，倒了一杯矿泉水，打开放在电脑桌上的药瓶，瓶子里是满满的高纯营养片，富含人体所需要的主要营养成分，并且能抑制胃酸的分泌，吃五片就相当于一顿饭。当然这玩意儿的味道不敢恭维，和塑料泡沫差不多，但是既然每天都可以享受鹅肝、松露和鱼子酱之类的顶级大餐，谁还在乎这些！

　　直人倒了十片营养片，就着冷水吞服下去，然后打开电脑，调出一个界面，分秒必争地敲打着对一般人来说毫无意义的数字和符号。他在为一个金融管理软件编写代码，这份工作枯燥无味，好在收入不菲。但他每天最多工作两个小时，这是能够维持他每天在这个小房间里靠吃营养片活下去的最低工作时间。他不想为这种生活付出更多劳动，但也没法干得更少了。

　　"必须赶快，"直人一边干活一边想，"不能再这么割裂了，这会破坏好不容易形成的内在协调性，必须快点回去……最多再有 5 分钟……"

　　但是偏偏有人呼叫他，直人皱了皱眉头，打开对话视频，一个胖胖的短发女孩子蹦了出来，是住在隔壁的朝仓南。她做了一个表示可爱的表情，"直人，你在吗？"

　　废话。"在啊。"

　　"告诉你一个好消息，你知道吗？查尔斯来了！"

　　又是废话，直人想，"我听说了，怎么？"

"是查！尔！斯！"朝仓强调说，"查尔斯·曼，你的偶像！他刚才拒绝了天皇的颁奖，说去和仓井雅约会了，现在这新闻轰动了整个网络！不过听说晚上他在银座那边还有一个读者见面会和签名售书活动，这是千载难逢的机会，不如我们去看他好不好？我有一本他写的《彼岸之国》，想让他签名呢！"

"对不起，"直人根本没想就拒绝了，"我很忙，我要工作。"

"可你每天都在房间里工作，花两小时出去走走都不行吗？何况今天是查尔斯——"

"我赶着要交任务呢。"

"可是——"

"对不起，再见！"直人径自关掉了视频对话。

幼稚的女人，浪费我的宝贵时间，直人想。他知道朝仓暗地里喜欢他，可是在和伊丽莎白·怀特、玛丽安娜·金斯顿、宝拉·克劳齐亚、杨紫薇等世界各地的艳星名媛有过肌肤之亲后，再对着朝仓那张小圆脸，他实在提不起兴趣。何况朝仓的存在总让他想起自己到底是谁，而他现在最不需要的就是找到自我。

不行，不能再在这个房间里待下去了。多待一秒钟都会令人发疯。直人草草地结束工作，推开电脑，在榻榻米上躺下去，闭上眼睛，营养片已经开始消化，虽然胃里并不舒服，但是至少没那么饥饿了，可以再撑七八个小时。

建立连接通路，他感觉到信息在传递，脑电波变为电磁波，又变成中微子束，然后再次变为电磁波和脑电波。

重力感同步：我站在什么地方。

触觉同步：微风从我身上吹过，带着春天的暖意和海洋的潮润。

听觉同步：风声和婉转的鸟啼。

视觉同步：满目粉红粉白，凝结为千万树樱花，在春天的绿意中绽放，一个穿着和服的女郎跪坐在樱树下，眉目如画，绽放笑靥，是仓井雅！

而我是查尔斯，独一无二的查尔斯。

三

"飞马座号"在箱根的一个小湖边降落。

仓井雅在湖边的一片樱花林中等他。正值春深，这里的樱花开得艳如云霞。地下已经铺上了洁白的野餐布，上面摆好了精致的鱼片、海胆刺身和清酒。仓井雅穿着宽松的青缎和服跪坐在一棵樱树下，见到他，温柔而不失妩媚地一笑，"嗨，查尔斯。"她用流利的英语说。

"嗨，小雅。"查尔斯在她身边坐下，揽住了她纤细柔美的腰肢。

"我刚刚看了直播，"仓井雅说，"查尔斯，恭喜你再次蝉联世界冠军，干一杯？"她用白皙的手托起了小巧的酒杯。

"那个吗？算不了什么。"查尔斯接过酒杯一饮而尽，顺便在她吹弹可破的脸上亲了一下，"你知道，我这么快飞过来，全是为了见你……"

"骗人！"仓井雅笑盈盈地说。

"真的，我们已经有好几个月没见了，我一直在想着你。"

"想着我？"仓井雅歪着头，似笑非笑地说，"哼，那你和克劳齐亚小姐是怎么回事？"

查尔斯微微有些尴尬，含含糊糊地说："她……其实你们都是很好的姑娘，都跟我的亲人一样……"

仓井雅聪明地没问下去，换了个话题："对了，我最近拍的那部电影你看了吗？我送了你首映式的票，不过你没来。电影叫作'北海道之恋'。"最后五个字她咬得字正腔圆。

"当然！你演得棒极了，宝贝。"查尔斯抚摸着她散发着樱花清香的秀发，"我非常喜欢……"他努力回忆仓井雅扮演的人物名字，可惜想不起来，"……你演的那个角色，情感诠释得太到位了。"

仓井雅的嘴边露出了一丝浅笑，她知道这意味着世界上已经至少有 1000 万人听到了这句话，很快就会有上亿人在网上查询她演的电影，好莱坞仿佛已经在向她招手。"那查尔斯你说，你最喜欢哪一段呢？"她撒娇地问道。

"当然是……是结尾的那段，我觉得非常……非常感人……"

查尔斯说，忙设法岔开话题，"对了，这里不是风景区吗，怎么一个人也没有？"

"这一带是私人的地产，地主是三上集团的总裁，他听说你要来，所以免费让我们在这里约会，不会有人打扰的。"

"替我谢谢他，这里真的很美。"查尔斯望向四周，富士山头的皑皑白雪在远处发亮，千树万树的樱花在春风中摇曳着，落樱如雨，飘向凝碧的湖面，空气中都是清新的芬芳。

"这里会让梭罗妒忌得发狂，"查尔斯深深吸了口气，"我有一种预感，如果我住在这里，或许可以写一部比《瓦尔登湖》更优美的作品。"

"瓦尔登湖？是什么？"仓井雅不解地问。

"是……没什么。"查尔斯露出狡黠的笑容，"小雅，你尝试过在樱花树下……"他咬着仓井雅的耳朵说了一句悄悄话，当然世界上无数人还是听到了。

"坏蛋，就知道你不肯放过我。"仓井雅咯咯笑了起来。

查尔斯搂住了半推半就的仓井雅，这古怪的和服是从哪里解开来着？哦，是在后面……

远处传来马达声响，打破了湖边的宁静。查尔斯回过头，看到一个蓝色的小点在天边出现。"不会又是那些狂热的粉丝跟踪吧……"他咕哝着。

但那个小点迅速变大，旁边出现了双翼。查尔斯很快看到了机身上的日本国旗和下面的一行英文，这居然是东京警视厅的空中警车。

警车在湖边降落，就停在"飞马座号"边上，一名女警从警车里出来，大步走到他们面前。

"先生，你是查尔斯·曼？"她用口音很重的英文问。

"是的，你是要来签名吗，小姐？"查尔斯嬉皮笑脸地盯着面前的女警，她很年轻，算不上美丽，但身材挺拔，神态庄重，自有一种英姿飒爽的气质。

"查尔斯·曼先生，"女警面无表情地说，"我们怀疑你涉嫌从事恐怖活动，按照我国的反恐法律，请你跟我们回去协助调查，你有权保持沉默……"

我？恐怖活动？难道这是某个拙劣的恶作剧？查尔斯回头望向仓井雅，但仓井雅也是一脸莫名其妙的表情。

"等等，什么恐怖活动？"

"低空超速飞行，"女警简略地解释说，"超过 2 马赫已经违法，超过 5 马赫就是对城市的严重威胁，被视为有恐怖袭击的可能，而你刚才的速度超过了 10 马赫！按照《日本反恐特别条例》第七章第八十二款，必须立刻拘留审问。"

"开什么玩笑，你不知道今天有比赛吗！"

"是的，比赛有特殊规定，在一定区域内可以获得豁免，但是你很快再次起飞，速度仍然超过了法定限度，且这次飞行不在比赛的范围内，所以我们必须逮捕你。"

"你们要逮捕我？就因为超速飞行？这简直……"查尔斯怒气上涌，忍不住要大骂，但他很快控制住了自己。查尔斯，保持风度，记住：有1000万人在你身后。

"你们不能这么做，这太荒谬了！"仓井雅匆匆穿好了衣服，上前护着查尔斯，然后她开始用日语和女警快速交涉起来，伴随着各种激动的手势。

不过查尔斯看出来这没有意义，对方不会退让的，警车里还有几个膀大腰圆的男警员。"好吧，"他平静下来，做了个打住的手势，耸了耸肩，"有机会参观一下日本的警察机构也不错，小姐，我将来可要把你写到小说里，你不会反对吧？"

"随您的便，"女警似乎松了口气，"如果您需要和律师联络的话……"

"已经找了，"查尔斯指了指自己的脑袋，意思是他的律师已经看到了直播，"对了，能否请问你的芳名？"他已经看到了她的胸牌，但上面是他不认识的汉字。

女警犹豫了一下，然后微微垂下眼睛，"细川穗美。"

"细川——穗美，"查尔斯重复了一遍，"你能否答应我一件事？"

细川穗美用询问的目光望着他，查尔斯摊了摊手说："你破坏了我的一个约会，所以等这件事完了之后，你可要赔我一个。"

"查尔斯先生，"细川说，脸有些发红，忘记了其实应该称呼他为"曼先生","让我提醒你，骚扰警官在日本可是重罪。"细川的语气中带着几分恼怒。

但查尔斯分明在她的眼神中看到了一丝喜悦。

一股狩猎的兴奋从他的心底升起。

四

按照规矩，查尔斯被戴上手铐，在几名警员的押解下坐上空中警车，被送往东京警视厅，仓井雅被警方拒绝随行。一路上，查尔斯一直和穗美搭讪，穗美冷冷地不理他，但脸上偶尔也会露出笑意，旁边几个男警员的脸色自然要多难看有多难看。

当他们到达警视厅大厦的楼顶停车场时，几家本地新闻社的空中采访车已经闻讯赶来。还有一群粉丝不顾阻拦，喊着支持查尔斯的口号，驾着私人飞行器强行在楼顶降落，警视厅不得不又出动了七八辆空中警车，调来了几十名警员维护秩序，场面一团混乱。查尔斯在一群警察的簇拥下向入口走去。穗美在他身边，由于拥挤，常常尴尬地碰到查尔斯，触到他健美的身体。

"你知道吗，"查尔斯对穗美笑着说，"上次我在马尼拉搞签售会的时候，一大群菲律宾人冲过来要我签名，简直是人山人海……我倒没什么，人群中一个女人摔倒了，后来才知道被挤得流产了，真可怜。"

"真的？那太不幸了。"穗美忍不住说。

"真的，不过也有一个好消息，我边上一个女孩被挤怀孕了。"

"啊？"穗美一愣才反应过来，好不容易才忍住笑，"又编瞎话。"

"真的！"查尔斯一脸无辜，"最倒霉的是，她居然说那孩子是我的！"

穗美终于忍不住扑哧一声笑了出来，然后说了句什么。但查尔斯什么也没有听见。周围突然奇怪地死寂下来，一点声音也没有。只看到人头攒动，闪光灯此起彼伏。随后，重力感也没有了，查尔斯如同悬在自己的身体里，仿佛要飞起来，触觉也随之而消失。

然后画面变为一片花白。他缓缓睁开眼睛，只觉得头脑昏沉沉的，头顶是陋室斑驳的天花板，身边的机箱还在嗡嗡作响。

他过了片刻才想起来，他不是查尔斯，只是宅见直人。

直人不知道发生了什么事，摇摇晃晃站起来，坐到电脑前上网查询，看到网上也在议论纷纷，无数人在破口大骂警方无事生非，不但看不成仓井雅的激情戏，还导致直播中断。不过很快有人给出了答案，东京警视厅出于保密原则，进行了中微子屏蔽，外界暂时无法接收到查尔斯的直播了。

"可恶的条子，正事不干，就知道妨碍大家！"直人大声咒骂着，在房间里转着圈。天知道直播要中断多长时间，2小时？8小

时？难道要超过 24 小时？那他该怎么办？整整一天里他不能再成
为查尔斯，他们为什么不干脆戳瞎他的眼睛，扎聋他的耳朵？

他平静了一下，打开编程软件，想再编一段程序，但怎么也
集中不起精神，一行内连着出了好几个错，根本干不下去。直人
绝望地摔下键盘，躺回到榻榻米上，辗转反侧，只觉得每一块肌
肉都不自在，像毒瘾发作一样难受。周围的一切感知都是陌生的，
查尔斯的感觉离他越来越远，他本该高高飞翔的灵魂被困在宅见
直人的卑微肉体之中。

门铃突然响起来。

终于有可以转移注意力的东西了。直人跳起来，走到门口，
在门边的显示屏上看了一眼门口站着的人，一个矮矮胖胖的女孩，
是朝仓南。

"怎么是你？"直人拉开门，没好气地问。

"我……"朝仓窘迫地提起手上的一个饭盒，"我下午做了便当，
想请你尝尝。"

"我不……"直人看了看朝仓涨红的脸，终于把冲到嘴边的拒
绝收了回去，"好吧，谢谢你。"

他去接便当，但是笨手笨脚地竟没接住，饭盒摔在地上，热
腾腾的鳗鱼饭和油炸天妇罗撒了一地。"对不起，"朝仓忙蹲下收拾，
"我怎么没拿稳……"

直人突然感到一阵惭愧，"不不，没有的事，是我没接住。"他

赶忙也蹲下来收拾起来。

他们手忙脚乱地弄了半天，总算把地板收拾干净了，朝仓很沮丧，"唉，可惜这些饭都不能吃了。"

"没事，其实我吃过了，一点儿不饿……"直人犹豫了一下，"那个，进来坐坐吧。"

朝仓走进房间，四下看着，直人觉得脸上有点儿发烧，"不好意思，房间太乱……"

朝仓却嘻嘻而笑，"男生的房间都是这样的嘛……我是这么听说的。宅见君，你每天就在房间里工作吗？"

"嗯，"直人倒了杯矿泉水给她，"如今在家里工作的人很多，何况我的工作只需要一台电脑就够了。"

"那你每天不出门，不和外面的人接触，难道不闷吗？"

"一点儿不闷，我可以……上网。"直人犹豫了一下说，"网上什么都看得到。"

"那是两码事，"朝仓认真地看着他，眼中充满了关怀，"你应该多活动活动，我看你脸色不太好，好像很久没出门了？"

"我没事……"直人含含糊糊地说。这时朝仓看到了床头一个硕大的黑色六边形箱体，"这是什么？"

"没什么，这是电脑配的设备……"直人不想多说，但朝仓已经认出来了，"这是……中微子波转换器！难道你在接收感官直播？"

"这个……你怎么知道？"直人反问。

"我朋友里美家有个一模一样的。"朝仓说，"她说是用来收看感官直播的，可是我不知道具体怎么用。"

"这是一种接收中微子波并转换成电磁波的装置，"直人解释说，"用中微子通信可以直接穿过整个地球，延时最少，所以是最方便的，但因为技术原因，脑桥芯片无法接上笨重的中微子发射器，只能以电磁波的形式发送信号，通过附近的转换器变成中微子波束，再通过另一端的转换器变成电磁波。对了，你收看过感官直播吗？"

"没有。"朝仓叹了口气，"我一直觉得这东西很可怕。"

"可怕？怎么会？"

"别人的视觉、听觉、触觉传到你的大脑里，感觉好像是被妖魔附体了一样。"

"哈，哪有那么严重……"直人笑着摆手，"恰恰相反，是你附在别人身上，你可以看到他看到的，听到他听到的，知道他生活的每一个细节，多有意思！"

"说得倒也是，像我最喜欢的言真旭和金东俊，要能知道他们在干什么也挺好的。"

"言真旭好像没有开通感官直播，金东俊……我帮你上网查查，"直人在键盘上敲击了一阵，"有了，他去年开通了直播，每天大约有两个小时直播时间。"

朝仓也挤到电脑前，念着弹出视窗上的几行大字："你想和东俊哥合体吗？在东俊哥深邃的脑海里触摸他的灵魂，和东俊哥一起生活和工作，向你揭示韩国演艺圈不为人知的秘密……"

"哇！好厉害！"但她很快又露出了害怕的神色，"可是听说接收广播要切开大脑做手术，很疼的，这我可不敢。"

"没那么吓人，只是一个小手术，植入一块带发射器的脑桥芯片，并且和各感官对应的脑神经连接，如果没有它，你不可能收到外来的广播，也不可能建立感官协调性。现在全世界有上亿人都做过这个手术了，日本就有将近500万人呢。"

"可是手术费用应该会很贵吧？"

"不贵，你肯定能负担，不过要接收金东俊的直播倒是价值不菲，你看这里写着——这些优惠条款都是虚的，不用管——每小时998日元。如果你每天都接收两小时的话，一个月得要六七万日元。"

"这么贵啊？"

"要不然金东俊为什么会开感官直播呢？"直人冷笑，"多少粉丝想要知道偶像的生活是什么样的，他眼中的世界又是什么样子的，用他的眼睛和耳朵去感知是什么感觉，就是10万日元一小时也有许多人愿意，当然财源广进了。这还是韩国的，好莱坞那些大牌明星的直播价格更高得离谱。不过你放心，在他们设定的直播时间里，你不可能看到任何真实的东西，那些宴会啊、旅行啊、慈善活动啊，一切都是刻意美化的，只不过是变相的演戏罢了。"

"这么说感官直播也没什么意思嘛……"

"那些娱乐明星当然没有意思……"直人眼中闪着热烈的光，"但是也有一些非常有意思的直播。有一个名人，他每天基本 24 小时打开直播，而且全免费，你可以看到他生活中任何一个细节，完全是真实的人生，光明磊落，绝无虚假。他不是那些脑子空空如也的明星，他有思想，有情趣，是一名才华横溢的作家，还是一名飞行家，而且还投入了慈善事业——"

"等等，你说的就是查尔斯？"

"是的，就是……"直人勉强把那个"我"字咽下去，"……查尔斯·曼，世上独一无二的查尔斯，那个大写的'人'。"他轻轻叹息了一声，脸色沉了下来。

查尔斯，我真正的自己，你现在怎么样了？

五.

"你可以走了。"细川穗美的身影出现在拘留室门口，冷冷地说。

查尔斯一副早在意料之中的样子，他从椅子上站起来，看了看表："还不到 7 点，晚上一起吃饭？"

"我还有工作。"穗美还是淡淡的样子，"走这边。"

"你刚才不是说不能保释吗？怎么现在又放我走了？"

"你的那些崇拜者，"穗美没好气地说，"至少有 10 万人堵在警视厅门口，简直要把整座大厦给拆了。他们要求立刻恢复你的直播，半个东京的交通都瘫痪了。真不知道你这样的人怎么会有那么多人喜欢！"

"因为有支持者抗议，你们就放了我？"

"既然你不是恐怖分子，上面决定这件事就不必追究了，警方不会起诉你，走吧。"

"不，"查尔斯摇头，"如果你们不打算起诉我，又为什么要抓我？我要求一个合理的解释，否则我不会离开警视厅。"

"你……"穗美瞪着查尔斯。一个高大的金发女人适时出现在她背后，"这完全是日本警方的失误造成的，你们应当向曼先生道歉。"

"丽莎，"查尔斯招呼自己的经纪人，"我等了你半天，你怎么现在才到？"

"麦克唐纳那边已经处理好了，"丽莎对查尔斯点点头，"查尔斯，因为你当时并没有离开飞行器，所以可以视为比赛并未结束，顶多是意外偏离航线，在箱根迫降……你没有违犯日本法律，他们无权扣留你。日本警方应该为浪费你的宝贵时间正式道歉，我们将在各大媒体发表声明，并保留法律追究的权利。"

"算了，"查尔斯大度地说，"只要这位美丽的小姐和我共进晚餐，警方那边我可以全都既往不咎。"

穗美忍不住想反唇相讥，但电话铃声急促地在她耳边响起，接通之后，她的脸色微微变了，是警视总监亲自打来的。

"查尔斯，"丽莎拉过他，低声说，"你必须尽快离开这里，恢复直播。现在有几百万人在网上抗议了。"

"干吗那么急？难得清静几分钟。"

"不，你必须尽快恢复直播。"丽莎的口吻不容拒绝。

查尔斯看了丽莎一眼，她脸色平静，看不出喜怒。查尔斯不禁有些发怵。当他刚刚出道，诸事不顺遇到人生最大瓶颈的时候，丽莎·古德斯坦主动来到他身边，帮他打理一切，无论是比赛、写作还是公众活动，都是她安排的。在查尔斯的灿烂星途上，丽莎功不可没。但查尔斯一直谈不上喜欢丽莎，甚至有些怕她，可他知道自己离不开她。近年来，随着查尔斯的事业越来越如日中天，丽莎也越来越多地顺从他的意思，但每当丽莎坚决表示自己意见的时候，查尔斯还是无力否决。

"好吧。"他不情愿地说。

丽莎也放缓了口吻，"查尔斯，你知道随时有 1000 多万人收看你的直播，有 120 万人每天收看 5 个小时以上，有 30 万人差不多无时无刻不在收看你。因为你的广播几乎从不中断。人们信任这一点，刚才的广播中断了一会儿，已经有很多人无法忍受了。"

"但他们可以收看别人的，全世界至少有 10 万人开着直播。"

丽莎笑了，"别人怎么能跟你比？你可是独一无二的查尔斯。不过别忘了，每天都开直播的人可不少，许多人想取代你，如果你再不继续直播，可能有很多人会转向其他直播者，这对你会很不利。"

"是的，我……明白了。"穗美挂断了电话，板着脸对查尔斯说，"查尔斯先生，我在此代表东京警视厅向你郑重道歉。"说完，她深深鞠了一躬。

查尔斯笑了："没关系，我想尝尝日本的小吃，现在你能陪我一起去吧？"

穗美不置可否，"请这边走。"

丽莎脸上现出了暧昧的笑容，侧过头在查尔斯耳边低声说："整个世界都在看着你们，征服她，收视率会再翻一番的。"

六

"宅见君，你怎么了？"

"嗯？"直人回过神来，发现朝仓正关切地看着自己，"对不起，你说什么？"

"我是问你，收看别人的感官直播是什么感觉？"

"这个很有趣，"直人想了想说，"首先需要一个磨合阶段，无论收看谁的直播都是这样。一开始不会很顺利，你看到的颜色不像颜色，声音不像声音，好像是在看 20 世纪的 2D 电影，有一种无法形容的古怪。人与人的感官生理上差不多，但神经元结构上总有微妙的差别，所以你必须非常努力才能把握这些感觉的意义，更不用说体会其中的细微差别了。你会有好几天都觉得是云里雾里，很不真切，然后某一天，突然像顿悟一样，你便能真正感到那些感觉是自己的了。"

"你能感到那个人身上所有的感觉吗？"

"差不多是所有的，视觉、听觉、触觉、嗅觉、味觉、重力感、冷热感……以及身体痛苦。比如，如果直播者的手被一根针扎了，你也会感到同样的尖锐刺痛感，不过因为信号经过过滤，在强度上要低一些，这是对接收者大脑的一种保护。你知道英国歌手菲利普·波尔特吧，3 年前他在直播的时候，突然被一名狂热的粉丝在其腹部连捅十多刀而死，2 万名收看者同时痛得死去活来，其中近 500 人立刻昏厥，30 多人因此猝死……那是轰动世界的大新闻，从那以后国家就加强了对接收者的保护，以防直播者遭遇险情时危及他人。"

"嗯，那么……"朝仓问，"快乐呢？直播能传递快乐吗？"

"这个……"直人想了想，"一般来说，无法直接传递快乐，因为快乐涉及人整体的状态，不是个别的感觉。但某些生理性的愉悦感是可以传递的，比如享用美食的感觉。"

"那你也不知道对方在想什么了？"

"是啊，无法知道。各种感觉都有固定的脑活动区域，但是思想没有，思想是大脑各区域协调工作的产物，不可能定位到具体的部分，而且依赖于特殊的记忆模块，难以一一对应地传递。实际上，正是因为思想无法传递，人们才敢于进行直播，因为他们心中还能保留一块自己的隐私之地。"

"所以，收看一个人的直播是什么感觉呢？"朝仓越发好奇了，"你能看到他看到的，听到他听到的，就像活在他身体里那样，但是你又不知道他在想什么？而且也无法控制他的身体动作？感觉好像自己的身体被别人控制了一样，那应该很别扭吧……"

"你说得不错。"直人的谈兴被勾了起来，突然很想倾诉他这几年的心得，"但请注意，这只是第二阶段！下一阶段就是建立意识协调性。也就是说，你要和他建立同步的思想活动，以配合他的动作，就好像那是你自己的动作一样。"

"这怎么可能呢？"

"有点儿难，但并非完全不可能，你必须尝试。首先得学会放弃自己多余的想法，习惯直播者的生活和做事方式，当然也要学会理解他用的语言。当做到这些之后，你在大部分情况下就可以像直播者那样去思考和行动。实际上，这并不像你想象的那么艰难。人大部分的念头和行动基于身体感受，当把后者视为'自己的'之后，也就得到了打开前者的钥匙。比如面前有杯香喷喷的咖啡，端起来喝一口不是很正常的动作吗？"

"但是……总有一些事情是接收者无法想到的吧？比如一些比较高级的思维过程和决定。"

"呃，是的……所以需要你用心去体会。但也有一些技巧，你必须什么也不去想，把自己的内心空出来，让接收到的感觉带着你走，这样经过一定时间，你会感到自己渐渐和直播者建立了冥冥中的感应，就好像你变成了他本人一样。"

"那你只能和一个直播者建立这种关系吧？"

"理论上当然不止一个人，不过同一个对象是最理想的。如果经常调换接收对象，就很难保持意识协调性了。"

"可这是为什么呢？"朝仓问。

"什么为什么？"

"为什么你要在感觉上成为直播者本人呢？这不是过分的想法吗？我们希望了解直播者，并不代表你要成为他本人啊！何况这也是不可能的。"

"怎么不可能？！"直人有些恼火，"你没有尝试过，所以完全无法体会那种奇妙的感觉，那种灵肉合一的理想状态，那种你真正拥有另一种生活、另一种人生的感受……否则你就不会那么说了。"

"嗯，大概是我不了解，"朝仓无意争辩，"不过直人君，你也应该多出去运动一下啊。附近新开了一家体育馆，我每天都去打球或者游泳，我们一块儿去吧？"

直人觉得有些可笑，他今天刚飞行了上万千米，从地球的一边飞到了另一边，现在这个小姑娘要带自己去运动？她懂得什么！

不过查尔斯的直播看来一时半会儿无法恢复，那么不管怎么说，总需要做点儿什么来打发时间，或许这也是一个不错的选择，总比在家里不知干什么好，不如……

"这么说的话，"直人点点头说，"我就——"

"叮咚"——提示音在他耳边响起，脑桥的芯片将信息传达进他的脑海，天，查尔斯的直播又开始了！

"我就过两天再去吧，谢谢你！"直人忙打了个哈欠，"对不起，我有点儿累，现在想先睡一会儿……"

"可是……"朝仓无力地抗议，但终于被直人请了出去。

直人关好门，热血沸腾地躺下，觉得眼前的陋室又变得美好而温馨，接下来会发生什么？我会和仓井雅、细川穗美还是其他什么人在一起？做什么事情？怎样打发这个美好的夜晚？

无论如何，真正的生活又开始了。

七

查尔斯戴着墨镜，手里拿着一串章鱼丸子，坐在秋叶原街头的一家小吃店里，他津津有味地咀嚼着。细川穗美坐在他对面，面前的一碗豚骨拉面一口也没碰过。虽然稍作掩饰，但店里的不少客人还是认出了他，跟他打招呼，查尔斯也挥手致意。还不时有人来管他要签名或合影，但都礼貌有序。

穗美左右看看，稍稍松了一口气，"你就这么大摇大摆地坐在这里，不怕被那些粉丝围堵？"

"不怕，我的粉丝当然会第一时间收看我的直播，既然他们可以直接看到我在干什么，为什么还要跑来围着我们？对了，你怎么不吃面？"

"我……还是没法适应，"穗美觉得自己脸上在发烧，"这种1000万人都在盯着我们的感觉……"

"不是盯着我们，"查尔斯笑嘻嘻地说，"是盯着你，1000万人在通过我的眼睛看着你。"

"反正感觉很不对劲。"穗美嗔道。

"刚见面的时候，你可没那么紧张。"

"因为我不太清楚这些什么感官直播的玩意儿，刚才你跟我说了我才知道的。这是近几年才兴起的吧？"

"不，有10年了，我是最早进行直播的人之一。"

"哦，对，不过近几年才在东亚普及的。日本是一个重视个人隐私的社会，我很难想象如何完全公开自己的一切。"

"并不是一切，"查尔斯微笑着说，"至少我上厕所的时候一定会暂时关闭直播，要不然可太臭了，没人爱看。"

"但是你的各种生活，甚至那种……事情……"穗美不由得吞吞吐吐起来。

"你是说性爱？"查尔斯直言不讳，"这是人正常的生理需要，没什么可隐瞒的。"

"但毕竟是个人的私事呀。"

"但全世界都在看着你酣畅淋漓地享受的感觉也是很棒的，"查尔斯对她眨眼睛，"仓井雅说她很喜欢呢。"

"她？当然喜欢了！"穗美撇了撇嘴，"她就是干这个的。"

查尔斯大胆地继续发动进攻，"也许你应该尝试一下新的生活方式，现在天体运动在日本也流行了，何况——"

"听着，查尔斯先生，"穗美有些羞恼地直视着他，一字一顿地说，"不是所有人都欣赏你这套生活哲学。因为不得已的缘故，我受一些上级人士的嘱咐尽力招待你，但吃完这顿饭，我们从今之后再也没有任何关系，你懂吗？"

看来是块难啃的骨头。查尔斯摊了摊手，"当然，那是你的自由。"

曾经有好些个女孩对我说过类似的话，查尔斯想，因为她们对暴露在公众面前最初有一种本能的恐惧，但是不久后，她们就离不开这种被全世界关注的美妙感觉，她们会一个个爱上这种新生活，放弃之前的固执……细川穗美也许会和她们一样，但如果不一样，或许更有意思……

三个七八岁的男孩蹦蹦跳跳地走到他们身边，打破了两人间的沉默，对查尔斯说："こんばんは！"

"Konbanwa！"查尔斯知道男孩说的是"晚上好"的意思，于是笑着照样学样。

孩子们用日语叽里呱啦地说了一堆话，查尔斯不解地看着穗美，穗美只好充当翻译："他们说下午看了你飞行的直播，说很喜欢你，将来也要做像你这样的大飞行家和作家。"

查尔斯摸了摸一个男孩的小脑袋，"孩子，做不做作家或者飞行家并不重要，重要的是，做你自己，去做你心里想做的。"

"可是我就想当一个飞行家，太帅了！"男孩说。穗美在一旁继续充当着翻译。

"那就先做一个小飞行家！你可以先去三维虚拟机上体验一下，参加虚拟飞行比赛。"

"虚拟的太无聊了，我想开真的飞行器，就像您的'飞马座号'一样！"

"事情总要一步步来，"查尔斯耐心地说，"如果你真的热爱这项运动，首先就会喜欢上虚拟机。或者你也可以多收看我或者其他飞行家的直播，能从中学到很多东西——对了，儿童不宜时段除外。"

一番问答后，孩子们拿着查尔斯送给他们的签名照片高高兴兴地走了，穗美撇了撇嘴："你还挺能说的。"

查尔斯笑笑："我只是说出自己内心的想法。这是我一直坚持的价值观，每一个人都该做他自己，实现自己的价值。我不是什么高高在上的偶像，要人去顶礼膜拜。我开放直播的目的和其他人不一样，我只是想让大家都了解，查尔斯就是这样一个人。"

　　"你不是靠这个赚钱的吗？"穗美尖锐地说。

　　查尔斯皱起眉头，他最反感这种误解，"你错了，我不用靠这个生活，无论是作为飞行家还是作家，我的收入都可以维持我过一种相当舒适的生活。我的直播是完全免费的，我没有从中获得过一分钱的利润。"

　　"对不起，我不是那个意思。"

　　"没关系，"查尔斯耸耸肩，"有很多人都这么看我，我也无力改变别人的想法，我只是不希望我的朋友误解我。如果你了解我，应该知道在开始直播之前，我就发表了好几篇小说，并且拿了跨太平洋飞行赛的季军，我根本不需要靠直播来增加自己的名声。不错，这些年我顺应了直播时代的发展。现在随时都有上千万人收看我的直播，但我一向认为，我作为个人并不重要，重要的是我代表了直播的理念。这个理念并不是要摧毁个人隐私，而是共享更多的信息，分享彼此的苦乐，使得人类作为一个整体。在这个过程中，人们在从直播中丰富自己的生活经验的同时，才能更真切地理解自己的内心，知道自己的价值在哪里。"

　　"说得也有些道理……"穗美若有所思，"但一直有无数人盯着你的一举一动，还是太……太不自由了。"

"这么想其实是不自信的表现，"查尔斯不以为意，"我就是我，独一无二的查尔斯，即使被亿万人看着，我的自由也一点不会减少。"

"也许因为你是美国人，"穗美说，"你们美国人一向充满了自信，但日本人不是这样，从小父母都教给我们太多的礼仪，我们必须学会在别人的注视下来规范自己的行为，从而更渴望自己的私密空间。我记得，在我读幼儿园的时候，每天我和其他孩子都在一个小花园里面玩耍，说是玩耍，其实还是要遵守很多规矩。那个花园的尽头是一排树，树的后面就是墙，但事实上，在树和墙之前还有一小片空间，只是一般人注意不到。有一次，我发现了那么一小块地方，里面有几丛野花。虽然是树枝下普通的一小块地方，但我开心极了，每次都偷偷爬到那里去自己玩。我不是不愿意和朋友分享，但只有一个人在那里的时候，才会感到安静和放松。我可以一个人傻笑，或者一个人流泪，不会有人打扰。可惜过不了多久，那里被其他人发现了，好多人都跑过来，践踏那些草地，采摘那些野花，我的小世界也就毁了。"穗美有些黯然，她不知道自己为什么会和查尔斯说这些，她和其他人都没有说过，现在倒好，全世界都知道了她的童年秘密。

查尔斯有些动容，想了想说："但那是别人破坏了你的小花园，他们并不只是在一旁看着你。"

"不，有没有破坏区别不大，只要他们在那里，我的感觉就被毁了，我就不再是我自己了。难道你没有过这样的感觉？"

"这个……大概小时候会……"查尔斯第一次有些犹豫，"不过现在早就没了。"

穗美看着他，眼波流动，"那么我倒有一个建议：关掉你的直播，感受一下在自己的世界里，一切只属于你自己的感觉，也许你会感到些许不同。"

"关掉直播？"

"也许只需要一分钟，你就会感到那些不同。"

"不行，这会破坏我对收看者的承诺……"

"查尔斯，你不是说你推崇的价值是做自己想做的事吗？"穗美有些嘲讽地说，"仅仅一个实验，你都不敢？"

"这个……"

"查尔斯，你不能听她的！"查尔斯眼前跳出了一个虚拟视窗，这是丽莎通过脑桥芯片输入他视觉神经的，只有他能看到，直播者那边都被过滤掉了。

"可是，我只是想试一两分钟而已。"查尔斯也将自己的念头通过芯片发射出去。

"一秒钟也不行，几千万人在盯着，这关系到你的形象！"查尔斯仿佛看到丽莎声色俱厉的样子。

穗美察觉到了查尔斯的细微动作，她猜到了他是在用脑桥芯片和他人联络，她似笑非笑地说："我猜，是你老板不让吧？那就算了……"

"老板？"查尔斯被激怒了，"我没有老板，我就是我自己的老板，不需要听其他任何人的！"

他用大脑命令智能芯片停止直播，并在心里念出控制密码进行了确认。刹那间，一种嗡嗡的背景音消失了，四周就这样安静下来。这不是他第一次中止直播，但却是第一次为了中止而中止，感觉似乎确实不同。现在，无论他说什么、做什么，都只有眼前的这个女孩知道了。他和她之间一下子奇妙地亲密起来。

"感觉如何？"穗美问。

"没什么特别嘛，"查尔斯轻描淡写道，"不过还不错。"

不，不是那么简单。仿佛世界消失了，只剩下他和对面的女郎，但又仿佛一个新的维度打开了，通往一个无限延伸的深邃空间。

八

宅见直人喘着粗气，在一片蕨类丛林中狂奔，身后一头张牙舞爪的霸王龙追赶着他，它每迈出一步，大地都发出震颤。但它走得不快，如同猫戏老鼠一样不紧不慢地跟在他后面。直人几乎能感到它鼻子里喷出的热气。

直人竭力迈动步子，想要逃离怪兽的魔爪，但他大汗淋漓，腿脚酸软，脚步不由得慢了下来。没多久，霸王龙一个大步就超到了他前面。它转过硕大的身子，张开血盆大口，咬向他的脑袋。直人不由得大叫一声，瘫软在地上。

霸王龙和丛林消失了，变成了一行行浮动的数据："距离：546米；时间：116秒；平均速度：4.7米/秒；肺活量：1250cc；健康状况：B-……"

朝仓的小圆脸朝他俯下来，直人趴倒在三维视景跑步机上，累得说不出一句话。

"才跑了五六百米就不行了？"朝仓嘻嘻笑着说，"我都能跑1000米呢，直人，你真是太久没锻炼了。"

直人总算爬了起来，喘息着说："什么事……都得……有个过程嘛……"

"那咱们继续吧，我把恐龙的速度再调低点？"

"不行……我得……先歇歇……"

他们坐到一边的视景躺椅上，便有凉爽的微风自动吹拂过来，面前出现了碧海蓝天的视景，涛声起伏，旁边还有两杯冰镇柠檬汁，这倒是真的。

凉风习习，一大口柠檬汁下肚，直人惬意得似乎每个毛孔都张开了，"好久没有这么舒服过了，运动过以后再来这么一杯，感觉太棒了。"

"在看查尔斯的直播时你也会锻炼吗——我的意思是,也会有锻炼的感觉吗?"

"倒是有……"直人说,"不过查尔斯的身体永远是那么健康有活力,我这身子没法比,再说因为有痛苦感的阈限,所以从来不会感到太累。"

"所以啊,以后跟我多来这里锻炼吧!"朝仓笑盈盈地说,"我们去游泳吗?"

"快看,查尔斯这浑蛋终于滚出来了!"直人还没回答,旁边突然传来一声叫喊。

直人向一旁看去,墙壁上的投射屏正在播报新闻:"昨日在东京秋叶原失踪的著名美国飞行家查尔斯·曼在失去联络17个小时后,于今日午间重新现身,他身边还有一位日本女性,亦即最新的绯闻女友细川穗美小姐……"

查尔斯又出现了!

昨天晚上,查尔斯受穗美的怂恿停止了直播,此后一直没有恢复。直人手足无措,最后赶去秋叶原,结果刚出地铁,就看到人山人海涌向查尔斯所在的小吃店,却只看到查尔斯的"飞马座号"拔地飞起,消失在夜空中。据说查尔斯和穗美遨游太空、享受二人世界去了,然后整整一夜都没有消息。直人左等右等,一无所获,今天百无聊赖之中和朝仓一起来健身房,想不到总算有了查尔斯的消息。

"查尔斯拒绝接受采访，只说是飞船失去动力。但据媒体报道，他的飞船在近地轨道上停留了一夜，而细川小姐当时也在舱中……"

"反正我算看出来了，查尔斯说的那套什么自由啊共享啊都是假的，到时候直播还不是想关就关，根本没把我们当自己人。说穿了和其他明星没有什么两样，一样的货色。"旁边有人一边看新闻，一边说。

"你这么说就不对了！"直人忍不住站起来抗议说。

那人也是个20多岁的青年，诧异地看了直人一眼，反唇相讥："我说什么关你屁事？"

"如果你喜欢查尔斯的话，怎么能这么说？你们不了解他吗？很可能只是芯片故障嘛！"

"原来是查尔斯的脑残粉。"青年不屑道，"什么故障，你没听到昨天的直播吗？他说了是自己要停止直播的。"

"这个……就算是，那也只是暂时的，以前他在布拉格和仰光的时候不也有过这样的暂停吗，你难道不理解人家需要有点自己的隐私吗？"

"我又不是那家伙的崇拜者，"青年冷哼道，"我收看他直播，只不过为了看他怎么和那些女星在一起玩，过把干瘾，结果仓井雅他不要，去找这么个女警，还停止了直播，那我还看什么？

可笑！"

"你这种素质的收看者，根本就不配去收看查尔斯的直播，你怎么能理解他的生活理想？"

"这么说你倒是理解，可到头来不还是被他一脚踢开？白痴，懒得理你！"对方冷笑一声，扬长而去。

直人气呼呼地坐下，一肚子火不知道往哪里发。

新闻中继续播报着："查尔斯的经纪人丽莎·古德斯坦女士表示，昨天的直播中断只是由于技术故障引起，目前直播已经完全恢复，她代表查尔斯为给大家引起的不便而致歉……"

"直人，你不会又要赶回去收看查尔斯的直播吧？"朝仓小心翼翼地问。

"别问我，不知道！"直人恶声恶气地说。

"问问而已，你不用这么凶吧？"朝仓咕哝着。

"不好意思，"直人调整了自己，"我只是……"他不知说什么好，又颓然躺在椅子上。

直人的心里也在怨着查尔斯，这家伙凭什么关掉直播，凭什么中断我和他之间的联系？这些日子以来，直人几乎已经能够感到自己融入了查尔斯的灵魂，当他说要关掉直播的时候，直人甚至发出了赞同的呼声，而没有想到自己会被屏蔽在外面，以至于下一秒钟，直人就被抛回了自己的房间里。

那时，真人才痛苦地感到，自己永远无法成为查尔斯，只是依附在查尔斯身上的游魂。

近三四年来，直人几乎无时无刻不在收看查尔斯的直播，每天他都生活在查尔斯的生活里，和他一起面对一切，一起参加竞赛，一起构思和写作，连英语都练得比日语更流利，直人几乎已经忘了自己是谁。只要他仍然把自己当成查尔斯，就可以取得一个个令人瞩目的成就，参加上等阶层的酒会，周游世界，住七星级酒店，享受粉丝的热爱，与许多漂亮女人一夜风流……

但最重要的不是这些，而是查尔斯身上体现出来的个人价值、自由精神和充满自信的生活方式。在查尔斯身上，他才感到自己活得像一个人。而他本人呢，宅见直人，一个不得志的程序员，一个人生的失败者，工作没有前途，日子了无生趣，和父母关系冷漠，女友跟别人跑了，连说得上话的朋友也没有……几年前他甚至想过自杀，如果不是查尔斯拯救了他，他说不定早已经过了黄泉比良坂。

是查尔斯给了他新生和希望，重塑了他的灵魂，让他觉得自己可以有一种有价值和尊严的生活。但现在，这一切又变了。直到昨天，直人才真切感到，查尔斯可以随意停止直播，切断对他来说不可分割的联系。过去的一切不过是自己一厢情愿的臆想，他纵然拥有和查尔斯一样的灵魂，却也无法真正拥有查尔斯的生活。

他还是宅见直人，也只能是他自己。不过，今天的经历让他觉得，或许暂时做回宅见直人自己，也不是什么坏事。当然，他还会收看查尔斯的直播，但不是现在……

直人下定决心，站起来，伸了个懒腰，"朝仓，我们继续跑步去吧！今天我要跑够 3000 米呢。"

"好啊！"朝仓开心地笑了。

九

"查尔斯，我再重复一遍，你不能这么做！"丽莎在电话里怒气冲冲地咆哮着。

"丽莎，我跟你说过至少十次了，"查尔斯坚决地重申，"以后我和穗美在一起的私人时间不会进行直播，这是我的决定！"

"所以你每天的直播时间就减少到了不到 8 个小时？这会扯断你和那些粉丝之间的纽带！这一个月来，你的收视率狂跌不已，上周只有不到 200 万人还在收看你的直播了，你已经从收视冠军的宝座跌到第十名以后了，醒醒吧，现在那个中国丑星小金凤的关注者都比你多！"

"那就让他们去关注小金凤好了，对我不会有什么损失。"

"查尔斯，"丽莎像在克制住自己的愤怒，放缓语气说，"听着，我们需要仔细谈谈，越快越好。"

"改日吧，"查尔斯冷冷地说，"今天是我和女友认识 100 天的纪念日，今晚我可不想被人打扰。"

"可是——"

查尔斯不客气地挂断了电话，对面的穗美眉毛一扬，问道："什么事？"

"只不过是工作上的事，没什么大不了的。"

"那我们继续吧！还没玩够呢！"

穗美笑着抓住他，查尔斯拦腰一抱，穗美就半倒在他怀里。看着穗美带着羞意的笑容，查尔斯心神荡漾。突然穗美从他怀里挣脱，查尔斯感到脚下一绊，重心失衡，反而摔倒在地。

"哈哈，你又输了！"穗美拍手大笑。查尔斯不由得庆幸自己关闭了直播，要不然自己摔跤输给一个纤纤女郎的样子就会被全世界看到。穗美毕竟是受过正规格斗训练的，看上去娇小柔弱，但真正玩起摔跤来，总是赢多输少。

"快，认赌服输，变成小马！"不等他站起来，穗美就骑到了他身上。查尔斯只有苦笑着承担了马匹的角色，狼狈地乱爬起来。

从什么时候起，潇洒不羁的查尔斯变成了现在这副模样？

说来也巧，那天查尔斯关闭直播后，一堆无所适从的粉丝跑来围堵他，查尔斯和穗美只好乘着"飞马座号"狼狈离去，却忘了飞船的燃料几乎耗尽，到了太空就动弹不得。查尔斯打开直播，想要呼救时，才发现飞船上的中微子转换器也没有了电力供应，和外界全然失去联络。结果，一次简单的饭后散步变成了在太空中十几个小时的惊魂飘游。

但也正是那次经历，大大拉近了他和穗美的距离。穗美从没有上过太空，那天因为失重飘来飘去，水都喝不进嘴里，不免有许多尴尬场面。那天并没有像人们想象中那样发生什么，但几天后，查尔斯带着一飞船的玫瑰再次飞到日本，软磨硬泡开始了第二次约会……他们终于成了情侣。只是穗美有一个原则，在他们约会的时候，决不能打开感官直播。查尔斯答应了下来，而不久后，他就在这种私密关系中发现了新的乐趣。他会去做许多从前根本不会想去做的事，扮小猫小狗，说白痴兮兮的情话，像孩童一样打打闹闹……怎么轻松怎么来，而不是在全世界的注视下，在床上完美地展现他的情人风范。

在许多年之前，查尔斯也曾经有过这样放松的人生岁月，只是年深日久的直播生涯让他已经忘了过去的自己。

今晚，在查尔斯新买下来的箱根湖边的别墅里，又是一次温暖而自在的约会，虽然没有那么浪漫，也不一定很激情，但却可以由着他们胡闹。

"喂喂，骑够了没有？"查尔斯抗议着，把背上的穗美掀了下来，压在身下，开始吻她的脖颈："あなた……"他学会了日语中表示老夫老妻的称谓，"我爱你……"

"嗯……"穗美目光迷离，双唇呢喃。整整一个夜晚在等着他们，不会再有其他人注视，这个房间完全是属于他们的……

他伸出手，想要解开穗美的衣襟，却颤抖着指向了另一个方向——

他一记耳光狠狠地抽在了穗美脸上！

穗美的微笑凝固住，她呆住了，一句话也说不出来，双目难以置信地望着查尔斯。

"查尔斯？"过了片刻，穗美才叫了出来，"你疯了？"

查尔斯面目狰狞，脸上的肌肉不住抽动，他抬起手指着门口，言简意赅地说："滚！"

"查尔斯，你怎么能对我——"

查尔斯粗暴地推开她，"出去！"

穗美惊讶不已，怔怔地盯着查尔斯看了半天，终于爬起来，披上外套。"查尔斯，你真是个浑球儿！"她飞起一脚踢在查尔斯的裆下，然后头也不回地冲了出去。

下体传来的疼痛让查尔斯弯下了腰，然后跪倒在地，双手撑着地板，喉咙痛痒难当，他剧烈地咳嗽起来，几乎连肺都要咳出来，眼中都是泪水，四肢也都在奇异地抽痛着。不知过了多久，当他从肌体的苦楚中稍稍恢复过来时，才发现面前有一双红色的高跟鞋和一对修长的丝袜美腿。

查尔斯抬头望去，看到了丽莎·古德斯坦熟悉的面容。

"丽莎？"查尔斯惊讶地爬起来，"你怎么来了？"

丽莎的表情似笑非笑，"你不肯来找我，我只有自己来了。"

"可是你怎么知道我在这里？我明明是关闭了位置查找的功能，还有——"

丽莎没有回答，却反问道："一巴掌赶走自己的女朋友感觉如何？"

查尔斯又感觉到眼前开始模糊，"你怎么知……这么说，刚才难道是……是你……"

丽莎轻轻抚摸着他的脸颊，用悲悯的口吻说："查尔斯，查尔斯，不要怪我，这是你逼我们的。"

最可怕的怀疑被证实了。查尔斯瞪圆了眼睛，喃喃地说："你能通过芯片控制我的肢体？是你的人在操纵我？可是，那种芯片怎么会……怎么……我以为只是单方面输出的。"

"不存在纯粹的单方面输出，其他人能够通过中微子波束接收到你的脑波，你也能接收到其他人的。"

"可我以为只是感官知觉，想不到居然……"

丽莎的目光中带着不屑和怜悯，"查尔斯，你不知道的事情还很多呢……让我们从头说起吧，你记得几年前的那个秋天吗？那是你初赛告捷之后的第 2 年，你花了几十万改装飞船，参加飞行比赛，雄心勃勃地想要夺冠。结果一败涂地，血本无归。你走投无路，打算放弃自己的飞行事业，回家接手你父亲在田纳西乡下的小农庄。"

"我记得，是你在一个小酒吧里找到了喝得烂醉如泥的我。"查尔斯回忆着，那是一段他平素不愿意去想的记忆，"当时你告诉我，你是一个脑科学实验室的工作人员，正在试验一种脑桥芯片，可以实现不同的人之间感知功能的共通。如果自愿参加，成功了可以有 20 万美元的酬劳，如果损害我的健康，更有极其高昂的补偿金。我为了筹集下一次参加比赛的资金，接受了手术，不久就开始了实验性质的直播。"

"但事实上，那不是真正的实验。"丽莎接着说，"15 年前，贝尔实验室发明了一种芯片，可以嵌入人的脑桥部分，本来是用来实现脑机关联，结果不甚理想，但科学家在这个过程中却意外地发现，它可以实现不同的人之间的脑波传递。在你之前已经有过几次实验，动物的、人的，技术上都很成功。然而，这项划时代的发明却派不上用场，没人想在脑子里装一个金属盒子，把自己的意识状态传递给别人，虽然他们并不反对看到别人的。

"为了推广这项技术，我们找了几个普通人，许以优厚的报酬，说服他们进行直播，这倒是问题不大。可问题是，除了个别好奇心过剩的家伙，同样没有人愿意在自己脑子里动一刀，就为了看到区区几个无名小卒的家长里短。

"因此我们想到了一个更好的主意：如果有令人感兴趣的名人愿意直播自己的生活，示范效应是显著的，会带动大批粉丝和其他民众接受脑桥芯片，整个产业就激活了。

"我们和一些电影明星、运动巨星和知名作家接洽过，但是很可惜，没人乐意。这也不奇怪，如果你已经功成名就，生活安逸，干吗要冒险把自己头颅打开，装上那么一个古怪玩意儿，让所有人都看着你的一举一动？因此，我们需要物色一个合适的人选成为这场新技术革命的突破口。上头决定，找到一个有潜质的草根少年，包装他，宣传他，让他成为感官直播的代言人。"

十

"所以你们就找到了我。"

"是的，"丽莎直言不讳，"你当时已经小有名气，却陷入事业的瓶颈，你需要钱，因此会接受手术；你从心底渴望那种被万众仰望的感觉，因此对直播不会有很大抵触；你相貌英俊，性格风流，这对我们更有利。只要你的事业能够成功，就能吸引越来越多的人收看你的直播。让自己转眼间和世界上最酷最有型的风云人物合为一体，这个诱惑没有几个人能经得起。"

"原来如此，可是为什么偏偏是我？你们怎么知道我将来能够获得巨大的成功？"

"呵呵，"丽莎笑着摇头，"查尔斯，亲爱的，你果然还是那么自恋。你还不明白吗？"

查尔斯内心已经隐隐明白，浑身一阵冰冷，但丽莎毫不留情地揭穿了这个秘密，"当然并非'偏偏'是你，你只是我们留意的诸多对象之一，选你只不过是偶然。如果我们选中了其他人，一样能把他推向成功的顶峰。查尔斯，你从来不是靠自己而成大事的，没有我们就没有你。"

"这么说不公平，我的成功的确有感官直播的帮助，但也是靠我自己的努力！"查尔斯挣扎着争辩说。

"你的努力？"丽莎冷笑，"查尔斯，你做了10年的美梦，该醒醒了！你真以为自己是不世出的飞行天才？这些年你之所以赢得那些比赛，驾驶经验和技巧只是次要因素，根本原因是你拥有比其他人更好、价格更昂贵的飞船，你可以找到最专业的设计师和各种技术上的顶尖专家，这些都是用钱买的。以你的先进飞船，就算电脑自动驾驶，说不定也可以飞第一。"

查尔斯涨红了脸，却无从反驳，"这……就算是用钱买的，也是我自己的钱！我为许多飞行器厂商做广告，还有厂商赞助，这是我的正当收入。"

"无非是鸡生蛋蛋生鸡的老问题，那些赞助是谁为你安排的？那些广告业务是谁为你打理的？那些最新款的飞船，刚从风洞里出来就成为你的座驾，那些最先进的引擎和最高级的主控电脑，最舒适的指令舱和空气调节系统，被最专业的技师以最合理的布局组装在你的飞船上，你觉得这一切都是理所当然的？难道他们就必须为你服务？查尔斯，你不是笨蛋，但是这些年你一直被鲜花和掌声包围，让你看不到许多事情。"

"这么说，这一切背后都是你，还有贝尔实验室在搞鬼？"查尔斯恍然大悟，"怪不得，我一直觉得你有点儿古怪，一开始你代表实验室，后来又到了芯片公司，然后当了我的专业经纪人……你背后的老板究竟是谁？"

"你不用问，问了也没有意义。贝尔实验室，卡特尔纳米技术，高纳利文化娱乐，狮鹫之星传媒，代卡洛斯飞船集团，斯普林格出版社，时代传媒，太平洋电视台，美利坚民主基金会……和你打交道的这些公司和机构，是一个庞大的利益共同体，它们都是其中一份子，但没有谁说了算，如果说有一个幕后大老板，那既不是美国政府也不是罗斯柴尔德家族，而是资本本身。你是整个体系中最重要的环节之一，但绝不是独立的。可如今，你的自作主张危及了这个体系整体的利益。"

"就因为我减少了感官直播？"查尔斯不禁苦笑，"可现在你们已经形成了完善的产业链，有 10 万人在进行直播！为什么还不肯放过我？"

"但是没有人比得上你，查尔斯。虽然今天许多人开通了直播，但是肯终日直播自己的人还不多，你是其中最重要的一个，是我们打造出来的直播时代的第一位偶像，人们去收看小金凤那些三流货色只不过是猎奇罢了，但你却以自己的生活方式，实现了上亿人的梦想！你对整个事业的重要性无可取代。你那本《我的直播生活》在全球卖了超过 3 亿册！你象征着一种全新的生活方式，如果你要退回到偶尔直播的状态，直播就变成了一种简单的娱乐和调剂，不会再有那么多人痴迷，也许要花 10 年、20 年才能恢复。"

查尔斯冷哼了一声："嗯，你们不是很能打造偶像吗？再打造一个好了。"

"为什么要重复已经做过的工作？这些年你的名字已经成了世界上最响亮的品牌，就拿你的小说来说，全球销量随便可以卖到几千万册，但是如果以杰克逊·史密斯的名义出版，可能几千册都卖不掉。"

"等一下，"查尔斯隐隐觉得不妙，狐疑地盯着丽莎，"杰克逊·史密斯是谁？"

"当然了，你从不知道他。"丽莎用一种古怪的腔调说，"杰克逊·丹尼尔·史密斯，得克萨斯州立大学毕业，一个不得志的小说家，好莱坞前编剧，出过两三本总共卖了不到几万册的小说，编过一些没人知道的 B 级电影，离过两次婚，40 岁不到就秃顶了……顺便说说，他还是你大部分小说的作者。"

"你疯了?！"查尔斯再也忍无可忍，"你到底在胡扯什么？"

"你不必那么激动，"丽莎淡淡地说，"回想一下，在你移植芯片之前，虽然你是一个三流文学爱好者，也写过一些散文和小故事，但从未写过长篇小说，为什么在第二年，你的成名作《雅典神殿》就横空出世？"

"我什么时候开始写作和你有什么关系？再说这能说明什么？"

"想想吧，你这些大获成功的小说，每部中关键的绝妙情节不都是突然蹦入你脑海的吗？你认为那是缪斯给你的灵感？事实上，灵感也是一种感知，你大脑中有一小块区域——大约在额叶位置——决定了你的综合思维和自我意识，不可侵入——但它也不是完全无法进入，只是一旦进入后，你会变成思维紊乱的精神病人。其他的部位，无论是感觉和运动皮层，还是语言中枢，都可以转译他人的脑波。我们只是根据史密斯的构思，让你的语言中枢产生出相应的概念，当神经冲动被额叶所综合时，就被你的自我意识认为是自己的灵感了。"

"这不可能！"查尔斯大吼着，"那些灵感，明明是我自己苦思冥想出来的……那种创作的感觉……怎么……怎么会是什么史密斯的？"

"在未来，很快就不会再有'自己'了。所谓自我，只是额叶前端一小片决策神经区域制造出来的幻象，但我们却天真地以为它包含了从感觉到情绪和思维的一切，但感官直播时代撕裂了这些关系。查尔斯，你站在了新时代的开端，你是新时代的使徒。"

查尔斯委顿在墙角，忽又爆发出一阵神经质的笑声："哈哈哈，真有意思，你花了这么长时间告诉我，我是一个一无是处的废人，我所自以为傲的成就，都不过是幻觉……现在你又对我说，我是什么使徒！"

"真相往往是令人刺痛的，"丽莎说，"但是沿着这个方向走下去吧，很快你就会知道，你是废人还是天才并不重要，重要的是你感到你是什么，纵然那些灵感是来自杰克逊·史密斯的，但你仍然感到千真万确是你自己的创作，这就足够让你获得写作的满足感了。

"在外面的世界，有千万人每天都感到，他们就是你，是查尔斯·曼，是大写的人，他们不在乎自己实际上是什么玩意儿，至少有上百万人完全被你同化了，你给了他们本来惨淡的人生以缤纷的色彩。这个数字还将不断增长，没有人能抵抗这至高无上的诱惑。随着脑波传递技术的完善，将来还会有更多的人——几亿、几十亿的人加入这个行列，一旦他们开始收看直播，就会欲罢不能。而不久的将来，有很多更深的感觉和情绪能够传递，甚至是思维，这一行最终会变成什么样没有人知道，但这是一个真正技术奇点的开端。传统的个人生活将一去不复返，世界会变得越来越匪夷所思。"

"可这不是我的理想，我的理念一直是让每一个人成为他自己，追求自己的价值！"

"不。"丽莎摇头，"事实是，即使是你的崇拜者，每个人都愿意成为你，却没多少人愿意成为他自己，这就是人性。"

"好,"查尔斯咬牙切齿地说,"纵然我的一切都是假的,至少我的理念是真的,我不会放弃这个理念。告诉你,我会揭露今天你跟我说的一切。"他试图打开直播,但是不知为何没有反应。

"查尔斯,相信我,你最好不要尝试。"丽莎语带讥讽,"在我们背后,有超过一打人现在正在监视你的一举一动,无论任何时间、任何场合,他们可以远程控制,让你立刻胡言乱语,变成不折不扣的疯子,你忘了自己是怎么赶走你的女朋友吗?"

查尔斯颓然捂住了脸,绝望地瘫倒在地:"既然你们这么强大,为什么不直接控制我的身体,让我说你们想让我说的,做你们想让我做的,让我变成一具行尸走肉?!"

"我们还没有这样的技术能力,感觉和运动涉及的大脑皮层不同,特别是你的肢体运动部分,需要的参量太多,计算量很大,控制起来也很费劲,刚才让你说出那些绝情话已经很困难了,而且相当不自然。"

"可惜穗美没有察觉这些微妙的差异,否则你们做的一切就会穿帮了。"

"不,已经穿帮了。"

一个清脆的女声高声说,查尔斯转过头,穗美明艳的身影又出现在房间门口。

十一

"穗……穗美？！"

"我回来了，"穗美对惊讶的查尔斯点点头，"刚才我确实想一走了之，但作为职业警察，我对一个人说话语气是否自然还算有些经验，很快就想到了蹊跷之处，于是我到了门外又重新折返，结果发现还有一个人在这里。我在门口已经听到了你们说的一切，你放心，我没有装什么脑桥芯片，他们对付不了我。"

"查尔斯，你必须让她闭嘴！"丽莎看了一眼穗美，扭头对查尔斯说，语气变得惶恐起来，"如果你不想身败名裂的话。听我的，继续跟我们合作，你还可以享有一切名利和地位。至于保留一些你自己的隐私时间也不是不可以商量……"

"和你们合作？"查尔斯的牙齿咬得咯咯作响，"丽莎，你刚才还威胁要让我变成白痴！"

"查尔斯，你冷静点。那是不得已的选项，你是我们千辛万苦塑造出来的，只要有可能，我们不会碰你，今天我也只是想劝告你。"

"你们必须给查尔斯以自由，把那见鬼的芯片给拆下来。"穗美面对着丽莎，"刚才那些话我已经录下来了，如果查尔斯有什么闪失，我会立刻向媒体曝光整件事。虽然你们财雄势大，但想必还无法控制全世界。舆论不会都站在你们这边，如果人们知道脑桥芯片可以侵入他们的大脑，控制他们的行为，你们的事业会立刻崩溃！古德斯坦，你们再也挟制不了查尔斯了。"

丽莎看了看穗美，又看了看查尔斯，无奈地苦笑，"看来我们是陷入僵局了。取下芯片，牌就全攥在你们手上了，没有人会蠢到答应这种自杀式的条件。但如果你们要泄露真相的话，查尔斯也随时会变成一个白痴，穗美小姐，你忍心这么做？"

一时间，室内的三个人都沉默下来，但空气中的紧张却丝毫未有舒缓。

"好吧，无论如何，你们不能再摆布查尔斯了。"过了一会儿，穗美带着让步的语气说。

"对，"查尔斯的声音中充满痛苦，"我希望你和你代表的势力离开我的生活，滚得越远越好！我和你们以后再无瓜葛。"

丽莎的脸色阴晴不定，良久才说："你的意思是，我们不再干涉你们，而你们也会将一切封在肚子里，决不外泄？"

查尔斯点了点头，现在他唯一想做的只是摆脱这个噩梦，"如果你们能放过我们，这没问题。"

"但你将会从成功的巅峰跌落，从此失去一切。"

查尔斯面色惨白，摇了摇头，"我从来没什么成功，一直在做一个可笑的美梦，只是今天才终于明白，我想快点结束这个错误。"

丽莎看向穗美，穗美不语，似乎也默认了查尔斯的决定。丽莎终于下定决心，点了点头，"好吧，如你所愿。但你记住，不论你是否打开脑际连接，你的一举一动我们都能看到，不要想在我们眼皮底下玩什么花样。查尔斯，你是聪明人，不会跟我们添乱的，是不是？"

查尔斯缓缓点了点头。

"同样，你们也别想玩花样。"穗美提醒她说，"有关资料，我会妥善存储，如果我和查尔斯有什么问题，网络上很快会铺天盖地都是你们最不想看到的东西。"

一丝冷笑滑过丽莎的嘴边，"那就再见了，查尔斯，我的老朋友，希望你不会后悔。"她转过身，大步从穗美身边走过，离开了客厅。不久，外面传来了小型飞车发动的声音。

查尔斯委顿在地，一句话也说不出来。穗美走到他身边，跪坐下来，无言地将手放在他的脸颊上。查尔斯望着穗美，她的眼神充满关切，她的手温暖而绵软，身上的气息芬芳淡雅。

他知道自己失去了一切，但却拥有了这个女人。从今以后，也许他们将像普通的男女一样，度过平凡的一生。

查尔斯抱住穗美，放肆地号啕大哭起来。穗美像母亲安慰孩子一样，轻轻抚摸着他的头发。而查尔斯却抽泣着，将她抱得越来越紧，让她喘不过气来，但那是一种悲恸中闪现的幸福。

等到穗美发现查尔斯实在抱得太紧的时候，已经太晚了。

不知什么时候，查尔斯已经压在她身上，双手紧紧地卡在她的脖颈上，他的两只大手拼命压向她白皙脖颈的深处，力气异乎寻常的大。他的双目奇异地凸起，喉头发出咯咯的声音，仿佛被掐住脖子的是他自己一样。

"查尔斯……放……放开……"穗美无力地叫着，但几乎吐不出一个字。她的身体被紧紧压住了，双手拼命在查尔斯的胳膊上抓挠，但查尔斯好像全无痛觉，目光呆滞。

穗美明白了，是丽莎·古德斯坦下手了！如今事情已经激化，她决不会放过他们。穗美的眼前一阵阵发黑，意识渐渐模糊，生命即将离她而去，穗美只是本能地蹬踢着双腿，做最后的垂死挣扎——

但猛然间，查尔斯的头俯下来，一口咬在了自己手腕上，鲜血直流，虎口不由得稍微松了一下。穗美什么都来不及想，趁机掰开查尔斯的手，将他推开，连滚带爬地向房间另一边跑去。查尔斯摇摇晃晃地想站起来，又站立不稳摔倒在地，手脚剧烈地抽搐着。

"穗美……快走……"查尔斯扭曲的声音从沾满血的嘴里传出来，显然正在和篡夺自己身体的入侵力量搏斗。

穗美不知如何是好，她不敢逗留，但也不能就这么离去，突然她用眼角的余光瞥见墙角一个六角形的黑色机箱，闪念之下，她一个箭步冲过去，将那东西举起来，狠狠砸在地上。一声闷响，箱子在地上翻滚了几下，裂开一条大缝，穗美还不放心，又狠狠踩了几脚，机箱发出一系列清脆的断裂声，冒出了几缕淡淡的青烟。

查尔斯突然不动了，像瘪了的皮球一样瘫在地上，只是张着嘴喘着气。穗美冷静下来后，过去扶起他，"没事了，我已经毁了中微子转换器，现在他们没法再控制你了。"

"但我们现在不能离开这间屋子，"查尔斯的声音虚弱无力，"外面到处都是中微子信号站。"

穗美知道，整栋别墅因为她的坚持，不仅只设了一个中微子转换器，还对外面的信号进行了屏蔽。但只要离开这栋房子，查尔斯随时会再度被丽莎他们所控制。

"那……怎么办？"

"只有打电话，叫记者来，"查尔斯闭上眼睛，"我们要立刻召开新闻发布会。"

一个半小时后，客厅里满满的都是记者，包括 20 多家日本媒体和十七八家外国驻日媒体，人们好奇地盯着凌乱的房间和身上带伤、狼狈不堪的查尔斯和穗美，想知道究竟发生了什么。大家交头接耳，大部分人的目光中都有"多半是有什么桃色纠纷吧"的猜测。

"晚上好，"查尔斯没有多废话，从沙发上站起身说，"今晚叫大家来是因为——"

人们全神贯注地留意下面的内容，但查尔斯却卡住了，目光透过众人望向后面的什么地方，仿佛看到了某些东西，他的嘴唇微微翕动，仿佛在和看不见的东西说话。

"查尔斯！"穗美觉得不对劲，抢过话头说，"诸位，今晚我们要告诉大家一件——"

"一件重要的事，"查尔斯却仿佛回过神来，又接了下去，神态一下子变得疲惫，"我决定参加下个月的冥王星超远程飞行大赛。"

"什么？"穗美惊诧不已。冥王星超远程飞行大赛只是一个名大于实的噱头，查尔斯这样功成名就的飞行家根本没有必要参加。前几天被询问的时候，查尔斯还明确表示不会参加。

"大家知道，"查尔斯说下去，"这是人类有史以来最长距离的飞行比赛，远超过之前的地球轨道环日拉力赛。虽然现在只是刚刚开始举办，但将来会成为人类的标志性成就之一。我听说现在报名参赛的人很少，我想要拿到第一个冠军应该问题不大，等以后可就难说了。"

人群中发出轻轻的笑声。穗美看到查尔斯说话的神态相当自然，不像是被人控制的样子，几次想打断他，却终于忍了下来。

查尔斯话锋一转，"不过因为冥王星距离地球 30 多个天文单位，整场比赛将持续 2 年。因为光速的限制和信号衰减，在这段时间恐怕无法再进行感官直播了，非常抱歉。"

人群中发出不满的抗议声，显然其中不乏查尔斯的粉丝。

"那细川小姐呢？你们不是要分开两年吗？"有人问。

查尔斯拉住了穗美的手，在她手心饶有深意地捏了一下，"2年的时光不算久，我相信对我们不是阻碍，我会在冥王星的亿万年冰层上，刻下穗美的名字。"

……

"查尔斯，这是怎么回事？"当记者散去后，穗美不解地问。

查尔斯疲惫地揉着太阳穴，"不知哪个记者带来了便携式中微子转换器，让他们能够重新打开我脑中的视觉对话界面，给我传达了一个信息。"

"难道他们又威胁了你？"

查尔斯摇了摇头，"不是我，是全人类，他们手上有人类的命运……"

"至少1亿人，你记住。"他回想起对方在他视野中闪现的信息，"1亿人的生命安全直接掌握在你的手里，如果事情泄露，我们或许没有能力控制所有的人，但是至少可以在几分钟内传播各种紊乱的脑波，大部分人会暂时精神错乱，还有些人会永久精神失常，不知道会发生多少起车祸和各种事故，也许还有几个人会按下核导弹的发射键……世界将会因此天翻地覆！比起这场浩劫来，世界大战都算不了什么。或许地球会在几天内重返石器时代。"

"所以我只能住口，让你们一步步推广那些可怕的芯片，让所有人变成迷失自我的奴隶，直到你们控制了世界，再也不怕外在的威胁？"

"这是历史前进的方向，或者我们将一直走下去，走向一个崭新的未来，或者将爆发激烈的冲突，那时会有上亿人死亡，世界重返远古蛮荒。最终的选择在你手里，查尔斯。"

"你们手上有1亿个人质，我还有选择的余地吗？"

"这说明你做出了正确的选择，你帮助人类避免了一场大麻烦。不管怎么说，去冥王星的主意不错。我们双方可以不必直接冲突，你也不必担心再被我们暗算。2年后等你回来，你就不再是世界的焦点，可以过自己想过的生活了。"

"而我也可以做出真正属于自己的成就。我要证明自己不是一个傀儡，而是不可战胜的查尔斯……"

"查尔斯？你怎么了？"穗美把他从沉思中唤醒。

"没什么。"查尔斯揽住穗美的腰，抚摸着她长长的头发，怜惜地说，"一切都会好起来的，我保证。"

十二

查尔斯的最后一次感官直播，收看者达到了史无前例的3000万人。3000万双眼睛，随着查尔斯的步伐，一步步走进发射场，面对周围沸腾的人群和头顶蔚蓝的天空。

发射场在传统的日本宇航中心鹿儿县种子岛，24 艘形态各异的飞船停在巨大的发射场中央。但和旧时代不同，如今飞船发射不再需要庞大笨拙的发射架，随着宇航科技的进步，飞船可以在地球上任何地方起飞，直冲长空，在这里出发只是一个仪式而已。

　　这是一个不小的进步，但人类的太空探索仍然在初级阶段。今天的这次宇航大赛，并非只是到月球或火星，而是直奔几十亿千米外尚无人类踏上过的冥王星，往返仍然需要 2 年以上的时间。

　　比赛中，所有的飞船在离开地球后，将利用太阳光帆和各大行星引力场加速，飞向太阳系尽头的冥王星，再合拢光帆，用剩余的燃料返回。虽然原理并不复杂，但横贯整个太阳系的近百亿千米来回路程，仍然是一场惊心动魄的旅程。

　　成为第一个踏足冥王星的地球人，将是太阳系探索史上里程碑式的事件。因为冥王星并没有多少科研价值，也被移出了大行星之列，所以各国政府在发射了一些无人探测器后，并没有进一步开展载人登陆冥王星的计划，但毕竟它的名声响亮，民间宇航爱好者前仆后继。几十年中，人类有过七八次载人飞船飞向冥王星的尝试，但大部分都因中途困难无法克服而折返，有的飞船在小行星带被微流星撞毁，有的飞船无声无息地消失在太空深处……冥王星是死亡之星的说法流传开来，近十年没有人敢于再尝试登冥之举。直到这次大赛，才重新唤起了飞行家们征服宇宙的热情。

特别是人气偶像查尔斯·曼的参赛，使得这场比赛变得举世皆知，虽然许多人抱怨以后无法再收看查尔斯的直播，但他的勇气和坚韧仍然打动了亿万民众。本来寥寥无几的参赛者，也迅速增加了 2 倍，虽然只有 20 多人，但都是飞行精英，让这次比赛变成了一场真正的大赛。

"查尔斯！"在沸腾的人声中查尔斯听到一个熟悉的声音，转身看去，老对手乔治·斯蒂尔正向他走来。

"乔治，感谢你每次都来当我的陪衬。"查尔斯微笑着说。

"查尔斯，你这个花花公子。"斯蒂尔咧开嘴，轻轻给了他一拳，"告诉你吧，这次你一定会输给我。"

"哦，为什么？"他们一起肩并肩向场中央走去。

"听说你拒绝了卡特尔公司和代卡洛斯集团赞助的高级设备，只是从几个小制造厂那里订购了一些普通装备，甚至飞船的基本布局都是自己设计和组装的？你太自大了，卡特尔的纳米光帆制造技术无与伦比，在同样重量的情况下，其他公司的产品的面积只是它的 1/3，你应该知道这意味着什么。"

"我知道，不过斯蒂尔，我以往太依赖技术优势了，这回我想靠自己的实力赢。"查尔斯诚恳地说。

"这么说，你只能靠不断压缩生活空间来减负，达到一定的速度？"斯蒂尔惊诧的眼神中带上了几分敬意，"虽然是保密的，不过我设法研究过你的飞船构造，结论是如果想要有获胜的可能，你的生活舱必定小得可怜，几乎得和一个棺材差不多，许多娱乐休闲设备都得丢掉，甚至转身都困难，你愿意像苦行僧一样过上2年？这可不像你的风格。"

"为了飞向星辰的尽头，这是我们的宿命。"查尔斯说，"斯蒂尔，如果有必要，我相信你也会做同样的事。"

斯蒂尔不由点了点头，然后微微一笑说："无论怎么做，这回你都够呛了。不过查尔斯，你的确是一个了不起的人物。好了，将来2年里，我们可以通过无线电慢慢聊天，也许我们会变成朋友的。"

他们像两个亲密的朋友一样，说笑着走到了各自的飞船前，做最后的检查和准备活动。许多飞行家在和家人朋友话别、亲吻。查尔斯检查引擎的时候，一个身影向他走来，查尔斯抬头望去，是一位纤细柔美的女郎。

"小雅？"他站起身。

"查尔斯，"仓井雅姿态娴雅地走向他，"我是来送你的。"

"谢谢你。"

"不，我该谢谢你，查尔斯。其实……我也是来向你道歉的。"

"道歉？"

"查尔斯，"仓井雅酸楚地说，"你知道，2年前我只是一个名气不大的演员，上不了台面，而且年纪也渐渐大了，所以我在2年前精心安排了和你在马尔代夫的那次所谓'偶遇'，然后我……

利用了你，和你有了一夕之缘。全世界都看到了那次直播，我成了整个世界的性感女神，之后我扶摇直上，进军了主流影视界，最近还接了一部好莱坞电影。这些都是你带来的，没有你，我不会有今天。"

"别这么说，这也是你自己努力的结果。"

"但以前那些甜言蜜语……都不是真的。"仓井雅凄然地说，"只是我为了往上爬的手腕，我利用了你，我欠你一个道歉。"

"别这么说，仓井雅小姐，"查尔斯也改了称呼，叹息说，"生活就是这样，我们往往是在逢场作戏，只是有时候自己入戏太深，真的把自己当成了所扮演的角色，这不是谁的错，你也无须道歉。"

"无论如何，"仓井雅掏出一个精致的布包，说道："查尔斯，你是一位很好的朋友，和你在一起我很开心，也学到了很多东西。衷心祝福你能获得胜利，这是我从明治神宫求来的平安符，你带在身上，神明会保佑你的。"

查尔斯深深地看了一眼仓井雅，接过了布包，"谢谢，我会带在身上的。"

"那……我先走了。"仓井雅轻轻拥抱了查尔斯，转身离去。

望着仓井雅的身影，查尔斯的嘴角泛起了一丝复杂的苦笑。他清楚，仓井雅对他说的那些话，仍然是在利用自己最后的剩余价值。他和仓井雅之间的男欢女爱一向不过是各取所需，不仅他们自己，就连每一个直播的观众都心知肚明。但最后仓井雅的表白，无疑大大提升了自己的形象，让人觉得她是一个重情义的好女人。

但这并不是说仓井雅全然虚伪，这些话虽然肯定经过精明的考量，但可能同样是真诚的。我们每个人都在表演，从前是这样，在直播时代更是这样。或许我们的真诚，只是一种真诚的自我表演……

"对了，"仓井雅突然又转过身来，好奇地问，"查尔斯，细川小姐呢？怎么没有见到她？"

"这个……她有点儿不舒服，"查尔斯说，"不能来了。"

"哦，是这样。"仓井雅有些奇怪地看了他一眼，眼神中带着胜利的笑意，没多说什么。但查尔斯知道，仓井雅对穗美"抢走"自己一向心怀怨愤，如今她认为自己和穗美之间一定出了什么问题，所以穗美才没有来，这一定让她感到快意。

但穗美不需要来送他，也不应该来，如今，她藏身在一个绝对安全的地方，掌握着至关重要的证据，以防丽莎和她背后的那些人再趁乱对他们不利，将他们同时杀害。当他离开地球后，对方就再也无法通过脑桥芯片控制自己，穗美会和他每天保持联系，如果对方对穗美下手，自己就可以通过无线电通信公布一切。目前来看，这是最好的办法了。

查尔斯望向远处欢呼的人群：或许这是我最后一次站在舞台

的中央了，最后一次成为人们瞩目的焦点。斯蒂尔很可能是对的，这次我的飞船毫无优势，没有获胜的希望，我终将失败，然后被世界遗忘。

但那又如何？飞向太空，飞到那最遥远的星球，是我一生的梦想。并非只有冠军才有意义，只有当宁愿割舍其他许多东西，你仍然要实现它的时候，它才是真正的梦想。

查尔斯，这是最后的机会，做你自己。在这个星球的喧嚣浮华中失去的，你会在广袤无垠的太空中找回来，那里有真正的宁静和救赎……

最后时刻，几十名经过遴选的幸运观众进入发射场，和各位参赛者合影。大部分人都首选和查尔斯合影，查尔斯微笑着一个个接受了，还一一给他们的书或衬衫签了名。最后站在他面前的，是一个身材平平、衣着朴素的少女，举止中还带着几分羞涩。

"您好，查尔斯先生。"少女局促地说。

"你好，你是……"

"我叫朝仓南。"少女说。

查尔斯点点头，并没有什么反应。但在他思维的背后，另一个意识却突然在震惊中醒来：怎么是她？她在这里干什么呢？她……什么时候变成了查尔斯的粉丝？

"朝仓小姐，很高兴见到你，您要和我合影吗？"

"嗯，好的。"朝仓站在他身边照了张相，但照完相后，却迟迟不肯离去。工作人员上来要拉她离开，被查尔斯用手势阻止了。

"朝仓小姐，我还能帮你做什么？"查尔斯问。

"对不起，查尔斯先生……"朝仓深深地向他鞠了一躬，红着脸说，"我想做一件事，请你帮个忙，可以吗？"

"只要不违法，乐意从命。"

朝仓又手足无措了好一会儿，才抬起头，勇敢地直视着查尔斯的眼睛，张口说："私……私は直人君のことを大好きよ！"

查尔斯不明白她在说什么，但另一个意识却突然明白了，他知道了为什么朝仓会千辛万苦出现在这里，并非为了查尔斯，而只是为了对他说一句话……

"我……我非常喜欢直人君呢。"

但查尔斯还没反应过来，朝仓已经迈上前两步，勾住了查尔斯的脖颈，踮起脚，吻了他的嘴唇。直人感到，她的嘴唇轻薄，绵软而湿润，带着夏日的芬芳和少女的气息。

"直人，"朝仓哀婉地在查尔斯耳边说，"我就在你身边，可你非要通过千里之外的查尔斯，才能感到我的存在吗？"

保安随即冲上来要把朝仓拉开，但查尔斯大概明白发生了什么，让他们不要动手，对朝仓说："小姐，相信你心爱的人会明白你的心意的。"

然后，他轻轻地对他根本不认识的直人说："幸运的家伙，不要错过身边的幸福哦。"

......

不知什么时候，直人退出了脑际连接，望着房间的天花板，觉得泪水充满了眼眶，又从眼角流下。

收看查尔斯的直播许多年，他和无数美丽的女性有过令人艳羡的浪漫且风流的回忆，但他在心底知道，那些和他无关，只是查尔斯的魅力所致。但他宁愿忘记这一点，让自己沉浸在查尔斯的幸福生活里。

然而今天，在最后的这场直播中，在他融入查尔斯的三年中，第一个也是最后一次，一切颠倒过来了：那句话，那个吻，是为了他，宅见直人，而不是查尔斯。

他不是查尔斯，也永远不会是查尔斯。但他仍然可以做他自己，拥有自己渺小却并非卑微的幸福。有些甚至是查尔斯也无法企及的。

直人坐起身，还觉得头脑昏沉沉的，又是自我麻醉的一天。但以后不会了，查尔斯的直播如今已经结束，即使他从冥王星回来，可能也不会再开启。而直人会去寻找新的生活，寻找属于自己的幸福。

直人下定决心，拨打了一个电话，在响了好几声后，终于被那边接起："你好，我是朝仓。"声音中带着几分紧张和期待。

直人还没有说话，蓦然间耳边响起了引擎声和欢呼声，直人望向打开的电脑荧屏，看到发射场上，几十艘飞船拔地而起，射向天外，在空中留下一条条长长的尾迹，如同远去的雁群。查尔斯已经毅然踏上了苍茫太空的漫漫征途，而这一次，直人无法也不想再依附在他的灵魂上，他有更重要的事要做了。

直人深深地吸了一口气，听到自己颤抖的声音说："小南，我喜欢你，请与我交往吧。"

再见了，查尔斯。

尾声之后

一年后。

一艘天蓝色的飞船收拢光帆，打开登陆引擎，缓缓落向一颗黑沉沉的、几乎完全浸没在黑暗中的星球。飞行平稳，层层下降，看上去一切正常——这也意味着第一个地球人即将踏上冥王星的表面。

但当飞船距离星球表面大约还有2000米时，不仅没有降低速度，却突然怪异地猛然加速，旋转着向冥王星表面的厚厚冰层撞去，十几秒钟后，一朵微弱的火花绽放在冥王星表面，如同黑夜中一闪即逝的火柴，然后就是长久的沉寂。

这是中国的冥王星探测器"谛听"拍摄到的图像，大约5个小时后，图像被传送到地球，也传来了太阳系尽头的噩耗。此后40

个小时内，任何联络的尝试都归于失败。2 天后，另一名比赛选手乔治·斯蒂尔在冥王星成功着陆，发现了面目全非的飞船和被烧成焦炭的查尔斯·曼的尸体。

消息传回地球，唏嘘一片。查尔斯的死因众说纷纭，主流的观点认为是技术故障，查尔斯的飞船是自己改装的，各方面都存在缺陷，出问题并不奇怪，但是问题在哪里，专家们又各执一词，有人说是电脑程序的错误，有人说是引擎本身的故障，还有人说是飞船控制面板的按钮分布过于密集，让查尔斯忙中出错。

也有人认为，查尔斯是自杀的，他们从查尔斯在地球上最后一段时间的若干古怪言行中找出证据，试图证明他已经厌倦了生活，想要离开这个世界，而撞击冥王星就是这位天才精心安排的行为艺术。这也能解释，为什么上一次开新闻发布会的时候，他如此神色古怪。

另外还有一些人认为，查尔斯是被害死的，这个说法最骇人听闻，也最千奇百怪。害死他的主谋从竞争者斯蒂尔、前情人仓井雅到代卡洛斯飞船集团以及贝尔实验室等，可以列成一个长长的名单。一个有力的佐证是查尔斯的女友细川穗美在查尔斯死后第三天，就因为所驾驶的飞车和另一辆飞车对撞而在东京上空爆炸，这个巧合似乎可以被视为阴谋，不过更合理的解释显然是细川伤心过度，神志恍惚所致。

网上也出现了各种各样的流言和稀奇古怪的所谓"证据"，大部分经不起推敲，但也有一些看上去有点分量，有一段录音中似乎是查尔斯在和古德斯坦的吵架，另一段视频似乎是查尔斯在和某个名人老婆偷情，还有他的父亲说他挥霍无度导致没有钱的电话录音……但这些伪造起来并不难，而且也无法证明和查尔斯的死有任何关系。至于有人说查尔斯是因为发现了脑桥芯片公司控制人类的阴谋而被灭口，就更是笑话奇谈了，没人会真的相信。

但无论如何，查尔斯死了。死了，再也不能复活。一个死人，无论是多么名声显赫的死人，被遗忘的速度总是很快的。查尔斯的事被热炒了一两个月，人们为他举办了各种缅怀和纪念仪式。不过全世界很快出现了几名炙手可热的新星，他们也都开通了感官直播，有天才神童、国民美少女，也有草根人士，人们很快又被吸引到新的、更丰富的娱乐生活中去。

但有许多人却仍然无所适从，他们难以理解查尔斯的死。

"我……我就是想不通，"宅见直人喃喃说，给自己斟了一杯啤酒，"查尔斯怎么会死呢？3年来，我熟悉他的一举一动，我有他的几乎每一个记忆，既然我活着，他怎么会死？"

"你是你，查尔斯是查尔斯。"朝仓冷冷地说，对直人她已经越来越没有耐心了。

直人摇头："你不明白，你根本不明白。那种感觉……我还可以清楚地记着查尔斯的一切，他在天上如何风驰电掣，如何在珊瑚丛中潜水，在读者见面会上如何发言，在酒会上如何觥筹交错，在非洲如何赈济灾民……对我来说，就好像是昨天的事一样。我看到地球在我脚下，我听到奥地利金色大厅的音乐，我闻到富士山下樱花的香味，我还……"不知不觉中，他已经从第三人称换成了第一人称。

"你还记得和仓井雅、宝拉和玛丽安娜如何浪漫缠绵吧。"朝仓冷冷地接道。

"当然，"直人憧憬地说，没有注意到女友表情的变化，"那些经历真是永世难忘啊，可惜没有和细川穗美在一起的记忆——"

"宅见直人，你这个浑球儿！"朝仓终于忍不住痛骂了出来，"你这辈子除了幻想自己是查尔斯之外，还会干什么？"

"小南，你又怎么了？"直人有点儿摸不着头脑。

"查尔斯死了都快半年了吧？你几乎每天都在絮絮叨叨那些和你没有任何关系的往事，怀念那些根本不知道你是谁的女人，跟你说你也不听，我简直要疯了！这日子没法过了！"

"你不懂，我参与了这一切，这些和发生在我身上没有任何区别，我知道自己不是查尔斯，但它们也是我经历的一部分！"

"哼，"朝仓讥讽地笑了，"你的经历就是日复一日地躺在房间里收看直播，本质上，你和那些看了电视然后想象自己是男主角的白痴没什么两样。"

"住口！"直人不由得怒火中烧，"每次你都这么说，可是你从来没有过感官直播的经历，有什么资格下判断？再说你是我的什么人，有什么权利告诉我我该干什么、不该干什么？"

"我是你的什么人？"朝仓的眼睛也在愤怒中闪闪发亮，"你说对了，我不是你的什么人。既然你这么说了，我们还是分手吧。"

"分手就分手，当初我就不该接受你！"直人恶狠狠地说。

朝仓没有再和他争吵，沉默地收拾起了自己的衣服和物品，直人在一旁看着，开始有些悔意，却又不好开口。直到朝仓提着几个大包站在了玄关口，他才着急起来，"你这是干什么？大半夜的，有什么事明天——"

"直人，"朝仓的语气平静得令他害怕，"我曾经以为自己可以改变你，但是我错了。也许你是对的，你就是查尔斯，你会永远活在关于查尔斯的记忆里。但是对不起，这不是我想要过的生活。"

"我……我不是……"直人不知说什么好，眼睁睁地看着朝仓打开门，离去，脚步声越来越远，最终消失。

直人犹豫了一会儿，拨打了朝仓的电话，但是朝仓已经关机了，只有长长的忙音。

"走吧，都走！"直人喃喃地骂了几句，坐回到椅子上，继续自斟自饮起来。

为什么生活总是这样，他永远无法和人好好相处？不管他如何尝试，除了失败还是失败，在这个现实的世界，连空气都令人窒息。如果，如果他还能回到查尔斯身上，再过一次那种意气风发的人生，那该多好啊……

直人一边想，一边在电脑上漫不经心地点击着，他进了一个讨论感官直播的论坛，顶上的一行大字顿时吸引了他的注意：

"查尔斯·曼复活了！"

什么意思？

直人点进去一看，发现是时代传媒公司的广告，网页上面用英文写道：

"为缅怀已故的查尔斯·曼先生，本公司从他的继承人那里购买了以往全部直播内容的备份数据，以飨观众。直播内容的总长度达85439个小时，跨度为整整10年。您可以选择收看其中任何一个片段，也可以从头到尾浏览，以便深入了解查尔斯先生的生平和事迹……"

直人的心狂跳起来，10年中所有的数据！也就是整整10年的直播人生！作为收看者，那些中微子波转换成的视觉和听觉会随即消失，也有技术手段防止私下拷贝，但是显然在相关机构内部会有备份，进行"重播"是可能的。对直人来说，他是从最后3年才开始收看查尔斯的，之前的7年都是空白的，但如今他可以从一开始就收看重播，这样的话，也就是说——

直人倒抽一口冷气：他将拥有整整10年查尔斯的人生，他将再一次和查尔斯融为一体，去面对未来（实际上是过去）的精彩人生，而这次，至少10年里不会再担心被单方面中断直播了，他可以放心地将自己融入查尔斯的意识深处。

直人兴奋地扫了一眼下面的条件，这回不再是免费的了，不过也不贵。每小时收费 100 日元，不过如果购买一天以上会降为 50 日元，如果全部购买每小时更是只要 20 日元，他完全可以负担。

他迅速用网上银行付了账，全部购买要将近 160 万日元，他暂时没有那么多钱，只能先花了 20 多万购买了头一年的数据，以后的再慢慢付吧。

直人躺回到榻榻米上，打开中微子转换器，电脑语音告诉他正在进行连接，准备接收数据，大约 1 分钟后可以开始直播，不，重播。

正当直人焦急地等待时，耳机中响起了提示音乐，告诉他收到了朝仓的一条语音短信。这回直人直接关机，根本懒得看一眼。或许朝仓又回心转意了，但那又如何？只要能再度成为查尔斯，我不会再需要这个女人……

中微子波束源源不断地传来，转化为电磁波和脑波，重播开始了：

重力感同步：我平躺在什么地方。

触觉同步：好像在一张床上，软软的很舒服。

嗅觉同步：仿佛有药水的味道，但并不刺鼻。

听觉同步：一个女人的声音在跟我说话，而且越来越清楚了。

视觉同步：一个朦朦胧胧的人影出现在我面前……

他仰望着天花板，看到自己未来的经纪人丽莎·古德斯坦对他俯下头来，"感觉怎么样？"

"我没事……"他有些虚弱地说。

丽莎问："现在应该已经开始直播了，你还记得自己是谁吗？"

一丝自信的笑容出现在他苍白的脸上，"那还用说？我是查尔斯，独一无二的查尔斯。"